내 사랑,
사북

내 사랑, 사북

이옥수 장편소설

사계절

✻
1980년 4월, 사북을 기억하는
모든 사람들에게 축복을…….
✻

나는 지금 짝사랑에 빠졌다. 예방접종도 없는 사랑의 열병에 걸린 것이다. 이 고약한 열병이 내 몸과 마음을 시시각각으로 압박하기 시작하면서 하루에 열두 번도 더 유치찬란하고 아리송한 감정들이 엎치락뒤치락하며 나를 몰아가고 있다. 집에서나 학교에서나 눈에 보이고 귀에 들리는 모든 것이 다 시들하기만 하고, 하얀 얼굴에 입꼬리가 살짝 말려 올라가며 웃던 그 오빠의 싱그러운 웃음만 자꾸 생각난다.

물론 그 오빠가 내 짝사랑의 시작은 아니다. 초등학교 때도 몇몇 남자애를 볼 적마다 내 마음에 아지랑이 같은 것이 가물거렸고, 중학교에 올라와서도 국어 선생님과 음악 선생님을 보면서 야릇한 감정에 빠져들기도 했다. 그러나 그것이 스쳐 지나가는 바람이었다면, 이번엔 나를 단번에 휘감아 도는 태풍인 것이다!

지난 토요일 오후, 중 3이 되고 이제 겨우 한 달밖에 안 지났건만 벌써부터 고등학교 입시를 들먹이며 쥐 잡듯이 몰아붙이는 엄마의 잔소리에 짜증이 나서 나는 양동이를 들고 공동 수돗가로 나갔다. 귓가에 스치는 바람이 차갑지는 않았지만 멀리 건너다보이는 백운산 높은 봉우리에 눈이 다 녹지 않은 것을 보니 아직 봄은 아니었다.

"자, 우리나라에는 사계절이 있어요. 12, 1, 2월은 하얀 눈이 내리는 겨울이고 3, 4, 5월은 새싹이 돋고 꽃이 피는 봄이고……."

초등학교 1학년 때던가? 눈이 동그랗고 두 뺨이 사과처럼 빨간 여자 선생님이 계절 이야기를 했지만 우리는 눈을 말똥거리며 고개를 갸웃거렸다. 선생님들은 정말 융통성이 없다. 어떻게 강원도 첩첩산중 사북을 대한민국의 표준 사계에다 맞출 수가 있을까? 굳이 사북을 계절별로 나눈다면 5, 6월만 완전한 봄이고, 여름 두 달, 가을 한 달에 나머지 일곱 달은 모두 겨울이라고 보면 된다.

내가 그 오빠를 처음 본 것은 정말 우연이었다. 들고 간 양동이를 내려놓고 나서 막 수도꼭지를 틀려고 하던 바로 그 찰나, 내 뒤를 지나가는 인기척에 나는 아무 생각 없이 고개를 들었다. 그 오빠도 표정 없는 하얀 얼굴로 나를 돌아다보았다. 우리는 서로 눈이 마주쳤다. 오빠가 나를 보고 싱긋 웃었다. 아, 그 순간 알 수 없는 슬픔이 싸르르 밀려오면서 내 마음 깊은 곳에서 하얀 파도가 일었다.

지금 다시 생각해 봐도 내가 왜 그 짧은 순간에 싸르르한 슬픔을 느꼈는지 모르겠다. 탄가루가 덕지덕지 붙은 검은 탄복을 걸친 왜소한 어깨 때문인지, 아니면 안전모 밑으로 드러난 파리한 목덜미를 보고 모가지가 길어서 슬프다는 짐승이 생각나서인지, 어쨌든 나는 아릿한 가슴을 부여잡고 그 오빠가 언덕을 올라 연탄공장 옆으로 총총히 사라질 때까지 그 자리에 서 있었다.

터진 구름 사이로 자르르 쏟아져 내리는 햇살이 눈뿌리를 아프게 찔렀지만 왠지 내 마음속에선 소슬바람이 불면서 풀잎처럼 오스스 한기가 일었다. 누굴까? 검은 탄복에 검은 안전모를 쓰고 검은 고무장화를 신었는데도 얼굴이 하얗고 눈매가 이지적인 오빠는 어딘가 귀티가 나는데다 도시풍이었다. 또 긴 목덜미에 좁은 어깨는 부드러우면서도 연약해 보였다.

나는 그 자리에 서서 그 오빠가 걸어간 길을 돌아보고 또 돌아보며 허수아비처럼 휘청거렸다. 집으로 돌아와서도 내 머릿속의 생각들은 뚝배기에 된장 끓듯 자꾸만 자글거렸다.

'우리 동네에 그런 사람이 있다니……. 이건 결코 우연이 아니야. 운명이야, 운명! 그런데 그 오빠가 나같이 비쩍 마른 계집애를 좋아할까?'

'아니야. 미쳤어, 미쳤어. 김수하, 정신 차려. 겨우 한 번 봐 놓고는 뭐 하는 거야! 만약 그 오빠가 결혼이라도 했다면 어쩔래?'

'아냐, 결혼은 하지 않았을 거야. 많아 봐야 스물두세 살 정도……'

나는 일기장을 펼쳐 놓고 내가 오빠를 처음 만난 이 역사적인 사건을 생생한 기록으로 남기려고 했다. 그러나 딸에게 무슨 비밀은 없는지 캐내려고 호시탐탐 기회만 노리는 엄마의 예민한 촉수와 초등학교 6학년인 동생 수한이와 공생해야 하는 현실이 떠올랐다. 이 좁아터진 방구석에서 내 비밀이 안전을 보장받기란 거의 불가능하다는 생각이 들자, 오늘의 역사를 까맣게 뭉개 버리기로 했다.

정말이지 그 분위기 없는 수돗가에서 낯선 오빠의 웃음 한 방에 넘어가 이처럼 오망을 부리는 내가 좀 덜떨어진 사람인지는 몰라도, 어쨌든 오늘 큐피트의 화살이 내 뜨거운 심장에 꽂혔고, 나는 그 날카로운 화살에 정신을 잃은 것이다. 하긴 사람이 사랑에 빠지는 데 걸리는 시간은 과학적으로 40초에서 2분이면 충분하다고 하지 않던가.

벌써 날은 저물어 어둑해지고 내일까지 내야 할 숙제는 태산 같은데 눈앞에 펼쳐 놓은 책 속의 글자들이 제멋대로 날아다녔다. 생각이 꼬리에 꼬리를 물고 돌다가 내 처지로 돌아오니, 여태껏 눈곱만큼도 관심이 없던 누리끼리한 사방 벽이 공연히 짜증스럽고, 발목까지 깡뚱하게 올라간 바지 끝단이 눈에 거슬렸다. 게다가 엄지발가락 부분이 닳아서 구멍이 날 듯 말 듯한 빨간 양말도 촌스럽게 느껴졌다.

'그래, 을반*이 끝날 때까지 자지 말자. 오빠를 기다리는 거야.'

이대로는 오늘 밤 잠들 수 없을 것 같았다. 나를 이처럼 한순간에 태풍 속으로 몰아넣은 그 오빠의 정체라도 알아야겠다는 생각이었다.

"어이구, 오늘 우리 딸내미가 웬일이냐? 아직까지 잠도 안 자고 책상머리에 앉아서……."

알람시계 소리가 삑삑거리자 병반으로 출근하기 위해 일어난 아빠가 고개를 길게 빼고 내 책상 위를 살폈다. 하긴 1년 365일 중에서 갑반, 을반을 빼면 3분의 1이 병반이지만, 아빠가 병반 나가는 모습을 본 건 다섯 손가락 안에 꼽을 정도였으니까.

"수하도 늦게까지 공부하는데 한 줄 싸 주지그래."

"안 돼요. 당신 병반 마칠 때까지 장수를 딱 맞춰 놔서."

"아이고, 누가 짠순이 마누라 아니랄까 봐……."

아빠는 모처럼 늦게까지 책상에 앉아 있는 기특한 딸에게

을반 광부들은 갑·을·병반 3교대로 일을 한다. 갑반은 아침 8시부터 오후 4시, 을반은 오후 4시부터 밤 12시, 병반은 밤 12시부터 아침 8시까지 일한다.

그 귀한 김밥을 하사하려고 했지만 왕소금 엄마에게는 어림도 없는 소리다. 우리 왕소금 엄마는 김 한 장에도 벌벌 떨며 목숨을 건다. 아빠는 갑반 때는 보온 도시락에 밥을 싸 가지만 을반이나 병반 때는 간단하게 김밥 두 줄을 돌돌 말아서 주머니에 넣고 간다. 생각해 보면 밤낮이 똑같은 굴 속에서 먹는 도시락은 갑반 때나 병반 때나 마찬가지일 것 같은데도, 아빠뿐만 아니라 다른 사람들도 갑반 때는 모두 어깨에 도시락을 둘러메고 일을 간다.

엄마는 아빠가 봉급을 타 오면 한 달 김밥 쌀 김을 장 수를 딱 맞춰서 미리 사 놓기 때문에 어지간해서는 김밥 한 줄 얻어걸리지 않는다. 하긴 엄마가 싸는 김밥이라고 해 봐야 김밥의 기본 재료인 단무지 한 조각도 안 들어간, 그저 밥 위에 달걀부침 하나 펴 놓고 볶은 김치 얹어서 돌돌 만 것이지만, 그래도 수한이와 나는 아빠가 싸 가는 김밥에 침을 꼴깍거릴 때가 많다. 어쨌든 우리 왕소금 엄마가 가장인 아빠 말을 듣고 하해(河海)와 같은 은혜를 베푼다 해도, 지금은 열에 들뜬 내 목구멍이 받아들이지 않을 것 같다.

나는 시계를 보고 또 봤다. 시곗바늘은 뒷걸음질을 치듯 느리게 움직였다. 어쨌든 아빠가 병반을 나가야 을반 사람들이 돌아올 것이다.

"수하야, 이제 니도 그만 불 끄고 자그라."

아빠가 일을 나가자 엄마가 문을 잠그고 들어오며 말했다.

"엄만, 지금 딸내미 걱정하는 게 아니라 전기요금 많이 나올까 봐 그러는 거지?"

"그래, 이놈의 가시나야. 누굴 닮아서 저렇게 심통이……."

"닮기는 누굴 닮아? 우리 왕소금 엄마를 닮았지!"

나는 혀를 쏙 내밀며 엄마 허리를 꽉 안았다. 엄마의 기미 낀 얼굴과 물렁거리는 젖가슴, 익숙한 엄마 냄새가 오늘따라 낯설게 느껴졌다.

엄마는 아빠가 출근하고 나서도 계속 앉아서 일을 했다. 요즘 우리 동네 아줌마들 사이에선 홀치기와 수출용 뜨개질이 유행이다. 홀치기는 낚싯바늘 같은 철사 고리에 물방울 무늬가 놓인 천 조각을 걸어서 실로 바짝 홀쳐매는 건데, 이렇게 해서 공장으로 보내면 염색을 해서 외국으로 수출한다고 했다. 아주머니들은 대부분 수출용 뜨개질을 했지만 엄마는 돈벌이가 조금 더 낫다고 홀치기만 했다. 허리 아프다고 끙끙 앓는 소리를 하면서도 밥만 먹었다 하면 홀치기를 들고 앉았다. 나는 시곗바늘을 보며 눈대중을 하다가 일부러 소리를 내면서 휴지를 말아 쥐었다.

"웬 밤똥이야? 수한이도 자는데."

"똥이 뭐 밤낮을 아나! 혼자 가도 돼."

밤에 변소에 갈 때는 싫다는 수한이를 데리고 가느라고 한바탕 난리를 피우는데, 혼자서 슬그머니 나가는 게 이상한지 엄마가 홀치기 판에서 손을 떼고 쳐다보았다.

"엄마가 같이 가 줄까?"
"됐어요."

나는 재빨리 나와서 공동변소 반대쪽으로 걸었다. 밤이 깊었는데도 불이 훤한 우물가에서 흘러내리는 물 소리와 빨래하는 아주머니들의 두런거리는 말소리가 들렸다. 우리 동네는 아주머니들도 광부 남편들을 따라 삼교대로 살아가는지 밤에도 우물에 나와서 빨래를 한다.

나는 앞산을 바라보았다. 사택을 막아선 캄캄한 앞산은, 산이 하늘이 되어 올라갔는지 하늘이 풀어져 내려왔는지 그 경계는 보이지 않고 온통 검은빛만 보였다. 사북은 하늘이 클까, 산이 클까? 당연히 산이 크다. 그럼 하늘이 높을까, 산이 높을까? 그건 막상막하다. 어떤 때는 산이 하늘을 뚫고 치솟기도 하고 또 어떤 때는 하늘이 산을 비켜 저만큼 올라가 있기도 하니까. 그렇지만 하늘이 산보다 높을 때는 청명한 가을날 며칠을 빼고는 별로 없다. 어쨌든 손바닥만한 사북의 하늘은 산이 떠받쳐 주지 않으면 금방 밑으로 쏙 빠져 산산조각이 날 것만 같다.

건너편 언덕에서 을반을 마치고 돌아오는 사람들의 검은 움직임이 하나 둘 눈에 띄었다. 캄캄한 어둠 속을 걸어오는 광부들의 모습은 마치 이 세상이 처음부터 검은색으로만 존재해 온 듯한 착각마저 들게 한다. 나는 사택 옆에 몸을 웅크리고 앉아서 언덕을 내려오는 사람들을 눈에 불을 켜고 지켜보았다.

내 옆을 지나치는 광부들의 새카만 얼굴에서 두 눈만 반짝거렸다.

'아, 오빠!'

낮에 딱 한 번 봤을 뿐이지만, 그 가냘픈 어깨와 기다란 슬픈 목덜미는 분명 오빠였다. 이건 내 느낌일 뿐인지도 모르지만, 오빠의 발걸음이 소슬거리는 밤 바람에 휘청이는 것 같았다. 고개를 푹 숙이고 걸어오던 오빠가 빨래터를 지나 언덕 위로 올라오더니 그 자리에 멈춰 서서 고개를 뒤로 젖히고 하늘을 올려다보았다. 오빠가 걸음을 멈추자 콩닥거리던 내 가슴도 딱 멈추었다. 나도 고개를 들어 하늘을 올려다보았다. 밤 하늘에 총총히 박힌 별들도 몹시 고단한 빛으로 가물거리고 있었다. 나는 고된 노동을 마치고 돌아오는 광부들의, 아니, 오빠의 고단함이 새삼스럽게 가슴으로 느껴져 콧등이 시큰했다.

오빠는 다시 고개를 숙인 채 어둠 속으로 걸어갔다. 나는 가만가만 오빠 뒤를 밟았다. 오빠는 바로 우리 옆 동인 23동 3호 앞에서 발을 탁탁 구르며 장화를 털었다. 나는 숨소리를 죽이고 살금살금 다가갔다. 그러나 내가 가까이 가기도 전에 덜커덩 하고 문 닫는 소리가 났다.

"엄마, 23동 3호에 누가 사는지 아나?"
"23동 3호?"
"응."

"키가 크고 얼굴이 넓적한 새댁. 전라도 어디에서 왔다던데, 근데 왜?"

"그냥……. 엄마도 그만 하고 얼른 자."

아깝다. 오빠가 바로 내 옆을 스쳐 갔는데도 오밤중까지 기다린 보람도 없이 말 한 마디 못 붙이고 그대로 돌아오다니…….

불현듯 목울대를 벌렁거리며 짝사랑의 경험담을 들려주던 국어 선생님이 생각났다.

"야들아, 너거들은 요즘 고뿔 안 걸리나? 짝사랑 말이다. 그 짝사랑이라는 고뿔은 증상이 감기보다 훨씬 지독해서 고뿔이라 하는 기라. 마, 고거에 한번 걸렸다 카면 참말로 백약이 무효인 기라."

2

아침에 일어나니 정신이 멍했다. 밤새도록 잠을 잔 것 같기도 하고 안 잔 것 같기도 하고, 심한 열감기를 앓은 것 같기도 했다. 어쨌든 내가 살아온 날들 중에서 가장 긴 밤이었다.
 '에이, 이럴 땐 미영 언니가 있어야 내 마음을 알아줄 텐데……'
 미영 언니는 고등학교를 중퇴하고 돌아다니다가 어떤 유부남하고 연애를 했는데, 그게 들통나서 머리를 박박 깎인 채 쫓겨났다고 했다. 소문으로는 서울로 갔다는 말도 있고 부산으로 갔다는 말도 있지만, 나는 미영 언니가 일주일 동안 집에 갇혀 있다가 머리를 깎인 것도, 집에서 내쫓긴 것도 언니가 떠난 뒤에야 알았다.

"아이고, 그놈의 가시나 학교도 안 가고 싸돌아다닐 때부터 알아봤다. 어쨌든 멀리 가 버렸다니……."

엄마는 그 때 "이제 안심이다"라고 말하려다가 불퉁한 내 얼굴을 보고는 뒷말을 얼버무렸지만, 어쨌거나 나는 엄마를 통해서 미영 언니의 소식을 들었다.

나는 미영 언니하고 참 친했다. 엄마는 내가 미영 언니하고 어울려 다니면 죽여 버리겠다고 윽박질렀지만, 그래도 우리는 몰래 만나서 같이 돌아다녔다. 그러다가 들켜서 파리채로 등짝을 얻어맞기도 했다. 우리 둘이는 용돈이 필요하면 몰래 조개탄을 주우러 다녔고, 조개탄 판 돈으로 영화도 보러 다녔다. 미성년자 관람불가 영화를 보러 갔다가 미영 언니가 극장 문지기 아저씨와 싸우는 바람에 들어가지 못한 적도 있다.

나는 그 때 언니가 연애를 하는 줄은 정말 몰랐다. 그런데 지금 생각해 보니 그 무렵 언니가 좀 이상하긴 했었다.

"수하야, 난 요즘 마음이 아파. 아니야, 아니야, 괜찮아. 아무것도 아니야."

"에이, 사람이 제 맘대로도 못 사니 멍청이지!"

미영 언니는 혼자서 밑도끝도없이 알쏭달쏭한 말을 불쑥 내뱉고는 고개를 가로젓기도 하고 멍한 눈빛으로 하늘을 바라보며 한숨을 쉬기도 했다. 나는 언니가 야속했다. 나하고 가장 친하다고 생각했는데, 정작 떠날 때는 한 마디 말도 없이 가 버렸기 때문이다. 그러나 만약 미영 언니가 누군가를 좋아했고, 그래서 마음이 너무 아파 떠난 거라면 이제는 이해할 것도 같다.
 나는 다음날도 을반 시간에 맞춰 수돗가로 나갔다. 출근하는 오빠의 얼굴이라도 한번 보고 싶었기 때문이다. 양동이를 내려놓고 수도꼭지를 반쯤 틀어둔 채 오빠를 기다렸다. 그러나 약하게 틀어 놓은 물이 양동이에 넘치도록 오빠는 나타나지 않았다. 나는 양동이의 물을 다시 쏟았다.
 "에이, 물에 뭐가 들어갔네."
 나는 가자미처럼 곁눈질로 오빠가 걸어올 길을 살피면서 옆에 선 아주머니에게 들리도록 큰 소리로 말했다. 얼마 지나지 않아 오빠가 터덜거리며 언덕을 내려오는 것이 보였다. 나는 어쩔 줄 몰라서 수도꼭지를 틀었다 잠갔다 하며 허둥댔다. 내 옆을 지나가던 오빠가 그런 내 모습을 봤는지 나를 보고 씩 웃었다.
 '아, 저 웃음!'
 나는 심장이 터지는 줄 알았다. 내가 내 심장 박동 소리에 이렇게 놀라기는 정말 처음이다. 나는 양동이의 물이 철철 쏟아지는 것도 아랑곳하지 않고 단숨에 언덕을 내려갔다.
 "오빠, 한 번만요. 한 번만 뒤를 돌아봐 주세요!"
 나는 멀어져 가는 오빠를 향해 손을 흔들며 작은 소리로 외쳤다. 하지만 오빠는 점점 멀어져 갔다.
 그 날 밤도 나는 일기장에 오빠의 모습을 그리고 또 그리다가 잠이 들었다.

"수하 니가 웬일이가? 요즘 밤마다 늦게 자고 아침엔 이렇게 일찍 일어나고, 중3이라 다르긴 다르네."

새벽 일찍 일어난 나를 보고 엄마가 의아한 눈빛으로 물었지만 나는 말없이 밖으로 나왔다. 내 심장에 박힌 큐피트의 화살은 내 머릿속의 잠마저 꿰뚫은 것 같았다. 밤이 와도 졸립지가 않고 새벽이 되기가 무섭게 눈이 떠지는 것을 보면.

밖에는 새벽 안개가 자욱했다. 이 곳 지장산에는 유독 안개 끼는 날이 많다. 안개가 귀신 같은 머리채를 풀어헤치고 온몸에 달라붙으면 손을 휘저어야 겨우 앞이 보인다. 그러잖아도 온 산천이 거무칙칙한데 조물주는 왜 광산촌은 안개마저 우중충하게 만들었을까?

변소에서 오줌을 누고 집으로 들어가려다 변소 뒤로 나 있는 산 쪽으로 발걸음을 옮겼다. 좁다란 산길이 다복솔 사이로 꼬불꼬불 나 있었다. 산중턱에 올라 화절령을 올려다보았다. 화절령은 지장산에서 건너다보이는 높은 산 위에 있는 동네다. 해님이 화절령 산꼭대기에서 고개를 빠끔 내밀자 건너다보이는 산자락 여기저기에 파헤쳐진 탄더미가 검은 부스럼 딱지처럼 드러났다. 산허리와 등짝을 마구 파헤쳐 석탄만 캐내면 된다는 사람들의 무자비함에 산이 온통 검은 피를 흘리며 앓고 있는 것처럼 보였다. 산모롱이를 돌자 햇살이 비치는 양지 쪽에서는 안개가 걷히고 있었다.

"와!"

나도 모르게 탄성이 나왔다. 나무 밑 썩은 낙엽 사이사이에 연보랏빛 노루귀꽃이 모닥모닥 피어 있었다. 아직 잎도 나오지 않은 보송보송한 솜털 줄기 끝에 가냘프게 피어 있는 작은 꽃송이는 마치 우중충한 숲속에 흩뿌려진 보석 같았다. 나는 손끝으로 줄기에 매달려 있는 이슬을 튕기기도 하고 보드라운 꽃잎을 만져 보기도 하면서 콧노래를 흥얼거렸다. 오빠가 생각났다. 언 땅을 헤치고 피어난 이 아름다운 봄의 전령들을 오빠에게 보여 주고 싶었다. 아니, 이 빛나는 산기슭을 오빠와 손잡고 걸으며 먼저 온 봄을 맞고 싶었다.

'치, 오빠는 이런 내 마음을 알기나 할까?'

입을 삐죽거리며 중얼거리다 생각하니 웃음이 났다.

'야, 김수하. 오빠를 만난 지 얼마나 됐다고?'

그러나 한편으로는 가슴 깊은 곳에 옹달샘처럼 슬픔이 고였다.

'이렇게 마음을 몽땅 사로잡혔는데도 가까이할 수 없다니……'

나는 오빠를 생각하며 노루귀 몇 송이를 꺾어서 내려왔다. 사택 주변에 자욱하던 안개가 햇빛을 받으며 서서히 풀어지고 있었다.

위에서 내려다보는 지장산 사택은 마치 사회책에 실려 있는 거제도 포로수용소 같았다. 길쭉한 슬레이트 지붕 밑으로는 우리 엄마 말처럼 "키 큰 놈이 발을 쭉 뻗으면 발이 벽 밖으로 튀어나갈" 토끼장 같은 집이 한 동에 다섯 집씩 붙어 있다. 그나마 우리가 살고 있는 지장산 사택은 맨 나중에 지어서 좀 낫다는 게 이 모양이다. 사북역 아래쪽 사택에 사는 친구네 집은 방이 달랑 하나뿐인데, 그 한 칸에서 네댓 식구가 서로 엉겨붙어 새우잠을 잔다고 했다.

아빠는 "사무실에서 펜대를 굴리는 사무원들이나 회사 간부들에게는 널찍한 집을 지어 주고, 쌔빠지게 탄 캐는 광부들에게는 콧구멍만한 사택을 집이라고 지어서 준 놈들은 벼락 맞아 죽을 놈들"이라고 했다. 그런데 내가 이런 말 하면 아빠가 섭섭하다 하겠지만, 내 생각으로는 세상에 많고 많은 직업은 다 놔 두고 여기까지 굴러들어와 탄이나 캐고 사는 우리 아빠 같은 사람들도 한심하기는 마찬가지일 것 같다.

우리 식구는 지장산 사택으로 오기 전에 화절령에서 살았는데, 그 때 아빠가 쫄딱구뎅이*에 다니다가 다리를 다쳐서 일 년 넘게 고생한 적이 있었다. 영세한 하청업자가 돈이 없다고 치료비는커녕 생활비도 안 줘서 집주인이 방 빼라고 악을 써 댄 적도 있으니까.

아, 지금도 그 때 일을 생각하면 머리에서 쌩 하고 찬바람이 분다. 산이 높아서 하늘 아래 첫 동네라는 화절령은 봄이면 온

쫄딱구뎅이 하청업체.

천지에 철쭉이 붉게 피어서 꽃꺼기재라고도 부를 만큼 아름답다. 그러나 눈이 쌓이기 시작하면 먹을 물이 없어서 겨우내 눈을 퍼다가 녹여 먹어야 한다. 어쩌다가 사북읍에서 보내 주는 물차에서 물을 받아 먹기도 했는데, 물차가 오는 날이면 집집마다 물초롱을 들고 신발에 새끼줄을 동여매고 눈밭을 헤치고 내려가 물을 받아 왔다. 그 길고 춥던 겨울, 엄마는 아빠 병수발 하랴 살림 꾸리랴 정신이 없어서 내가 수한이와 함께 눈밭을 걸어서 엎어지고 자빠지며 물을 받아 날라야 했다.

그 때는 어려서 잘 몰랐는데, 지금은 가끔씩 내가 이 검은 산골에 광부의 딸로 태어난 것에 화가 나기도 한다. 그런데 지금 내 마음을 사로잡고 있는 그 오빠도 광부다. 그렇다면 나는 훗날 광부의 아내가 될 수도 있는데……. 오빠는 왜 이런 곳에서 일을 하는 걸까?

나는 생각을 떨쳐 버리려고 한걸음에 뛰어내려와 오빠 방 창문 앞으로 갔다. 나는 살금살금 주위를 살피면서 창문턱에 재빨리 꽃을 놓아두고 돌아섰다.

'차라리 광호였으면 좋겠어!'

광호는 내게 귀찮은 찐드기 같은 존재다. 딴에는 나를 좋아한다고 따라다니는 모양이지만 나는 별로다. 뜬금없이 학교 길목을 지키고 섰다가 쪽지나 사탕, 초콜릿 같은 것을 불쑥 내밀면 정말 당황스럽다. 더구나 애들이 보는 앞에서 그딴 짓을 하면 발로 차 주고 싶을 정도로 몹시 화가 난다. 하지만 지성이면 감천이라고, 광호의 그 커다란 황소 눈에 담긴 진실을 바라볼 때면 나도 모르게 마음이 알싸해지기도 한다.

그렇다고 그 알싸함 하나만으로 광호와 사귀고 싶은 마음은 없다. 그리고 무엇보다도 이 손바닥만한 지장산 사택에 막걸리를 넣어 부풀린 찐빵처럼 뜬소문이 도는 게 겁난다. 그러잖아도 광호가 나를 쫓아다닌다고 수군거리는 애들이 있는데, 만약 내가 정말로 광호와 사귄다면 소문은 걷잡을 수 없이 퍼질 테고 "미영이 가시나처럼 더러운 소문 안 나게" 엄한 단속을 하는 우리 엄마한테 머리카락을 다 뽑힐지도 모른다. 우리 동네는 애 어른 할 것 없이 어찌나 소문에 민감한지, 방귀만 뀌어도 벌써 온 동네에 똥 쌌다고 소문이 날 정도다.

참, 그리고 보니 광호네는 요즘 우리 동네 우물 방송국에서 한창 입질에 오르내리고 있다. 소문이란 소문은 모두 수돗가 옆 공동 우물의 빨래터에서 생중계되는데, 사람들은 이것을 우물 방송 또는 깡통 방송이라고 했다.

"광호 엄마 요즘 팔자 폈는 갑더라. 사북시장에 뻔질나게 오르내리더만."

"아이고, 그런 소리 말랑께. 그 돈이 워떤 돈인디. 광호 할아버지 목숨하고 바꾼 징한 것인디."

"하긴 광호 엄마가 시아버지한테는 잘했으니께, 그 돈 좀 써도 괘얀타."

"암만 그래도 죽은 광호 할아버지가 불쌍허지유. 나이가 많아서 올해만 하면 퇴직한다고 했다는데유."

 전국 각지에서 온 사람들이 모여 사는 광산촌은 가히 팔도 공화국이라고 할 만하다. 그러다 보니 우물 방송의 사투리도 각양각색으로 섞인다.

 광호 할아버지는 지난 달에 죽탄에 깔려서 죽었다. 죽탄은 물이 섞인 석탄이다. 막장에서 발파 작업을 하다가 땅 속에 있는 물줄기를 건드리면 물이 쏟아지는데, 수압이 엄청나서 물이 무릎까지만 차도 빠져나올 수 없다고 한다. 광호 할아버지는 탄광에서 오래도록 선산부* 생활을 한 노련한 광부였는데 억울하게 뜻밖의 사고를 당한 것이다. 하긴, 광산에서 뜻밖의 사고는 밥 먹듯이 일어나기 때문에 그리 놀랄 일도 아니다. 보통 1천 미터가 넘는 지하 수갱*에서 석탄을 캐는 광부 열 명 가운데 하나는 이미 죽은 목숨이나 다름없다는 건 알 만한 사람은 다 아는 사실이다.

 광호 할아버지를 뒷산 구릉에서 화장하던 날, 옆에 있던 휘발유 드럼통이 폭발해서 무서운 소리를 내며 뻥뻥 터지고 검은 불길이 하늘 높이 치솟았다. 광부들은 사고로 계속 죽는데도 화장터가 없어서 산기슭 아무 데나 시체를 놓고 불을 붙이

선산부 막장에서 천장이 무너지지 않도록 기둥을 받치면서 맨 앞에서 석탄을 파는 광원으로, 경력이 많아야 할 수 있다.
수갱 수직으로 파내려간 갱도.

면 거기가 바로 화장터가 되었다.

"하늘 두 꺼풀 덮어쓰고 사는 광산쟁이들이야 어데 살아 있다고 그 목숨이 지 목숨들이가!"

누가 죽고 나면 우물 방송의 결론은 언제나 똑같지만, 그 허허로움은 모두의 마음에 아픈 상처로 남았다. 이처럼 '하늘 두 꺼풀 덮어쓰고 살아가는 광산쟁이들'은 굴을 파들어가다가, 발파 작업을 하다가 또는 떨어지는 돌에 맞아서 낙반사고로 생목숨을 잃는다. 아침에 멀쩡하게 도시락 메고 나갔던 사람들이 한꺼번에 떼죽음을 당해 돌아오는 일도 있다.

"학교 다녀오겠습니다."
"그래, 갑반 가는 사람들 앞으로 질러가지 말고 잘 갔다 와."
"어휴, 또 그놈의 소리!"

나는 집을 나서기가 무섭게 산 아래로 뛰었다. 오늘 아침에는 정말이지 광호를 만나고 싶지 않았다. 내가 오빠 때문에 괴로워하듯이 광호도 나 때문에 괴로울 수 있다는 생각에 괜히 광호를 만나면 내 마음이 짠해질 것도 같고, 또 한편으로는 새벽에 보았던 연보랏빛 노루귀꽃의 아름다움과 숲속을 거닐며 홍겨웠던 그 기분을 그대로 마음에 담아두고 싶었기 때문이다.

어제 아침에도 광호는 안경다리 근처에서 나를 기다리고 있었다.

수하야! 저 하늘의 별을 따서 네 가슴에 안겨 주고 싶어.
내가 태양이라면 언제까지나 너를 비춰 주고 싶다. 광호가.

"뭐야, 이건 그야말로 유치함의 극치다. 저 하늘의 별을 따서, 태양이 되어……. 호호호, 아이고 배 아파."
광호가 주고 간 쪽지를 본 은희가 호들갑을 떨며 웃었다. 나는 무안해서 쪽지를 쭉쭉 찢어 쓰레기통에 던졌다.
"야, 김수하. 남자의 순정을 그렇게 쓰레기통에 버리면 안 되지."
은희가 계속해서 놀려댔지만, 내 마음에는 이미 오빠가 들어와 있어서 광호의 쪽지쯤은 아무런 감동도 되지 못했다.
"어험!"
아뿔싸, 큰일날 뻔했다. 들뜬 마음에 아침마다 앵무새처럼 반복되는 엄마의 지겨운 당부를 깜빡 잊고 앞뒤를 살피지 않다가 헛기침 소리에 가까스레 발을 멈췄다.
등에 톱이며 도끼, 곡괭이를 둘러메고 갑반으로 출근하던 한 아저씨가 내 앞을 지나가며 경고성 눈초리로 흘끔 돌아보았다. 나는 그 아저씨의 눈길을 피해 다소곳이 서 있었지만 속이 부글거렸다. 게딱지같이 다닥다닥 붙어 있는 집들은 길이 마당이고 마당이 길이어서 언제 어디에서 사람이 튀어나올지 모르는데, 늘 이런 일에 시달리며 살아야 하는 광산촌의 여인네란 얼마나 서글픈 존재인가! 방금 전까지 좋았던 기분이 찬

물에 싹 씻긴 것처럼 싸늘해졌다.
 '개똥 같은 미신딱지!'
 이놈의 광산촌에는 별의별 미신이 사방에 널려 있다. 그런데 형체도 빛깔도 없는 그 미신들은 광산촌 사람들의 머리꼭대기에 앉아서 제 맘대로 행패를 부린다. 그 중 하나가 '여자가 출근하는 남자의 길을 가로질러 가면 재수가 없다'는 것이다. 만약 이 법을 무시하면 그 자리에서 따귀를 맞아도 찍소리도 못 한다. 그뿐만 아니라 일을 가던 사람이 재수 없다고 일을 안 가면 하루 일당까지 물어 줘야 한다. 세상에 이런 개똥 같은 법이 어디에 있을까?
 "여자는 재수 없다고? 홍, 웃겨. 그럼 남자인 지들은 그 재수 없는 여자 뱃속에서 안 나왔나?"
 언젠가 내가 이 어처구니없는 법에 대해 남녀차별을 들먹이며 툴툴거렸더니, 엄마는 도끼눈을 뜨고 벼락같이 소리를 질러댔다.
 "이놈의 가시나가 쫑알거리기는. 그럼 하늘 두 껍데기 덮어쓰고 굴 속에서 일하는데 여자들이 길을 질러가면 재수가 좋겠나? 조심할 건 조심해야지!"
 그래, 아니꼽고 더럽지만 광산촌에서 사는 한 이건 불가항력이다. 만약 내가 이 법을 없애자고 나선다면 우리 엄마가, 아니, 광산촌 사람들이 한꺼번에 몰려와서 나를 죽이려고 할 거다. 어쨌든 하마터면 따귀 맞고 일당 물어 줄 뻔했다.

좁은 골목을 빠져나와 안경다리 앞에 이르니 무연탄을 가득 실은 화물열차가 검은 방귀를 폭폭 내뿜으며 다리 위로 힘겹게 지나가고 있었다. 안경다리는 조선시대 사람들이 쓰던 동그란 안경을 수평으로 딱 잘라서 엎어 놓은 모양이어서 '안경다리'라고 부른다. 그런데 사북 사람들은 이 안경다리를 은연중에 경계점으로 삼는다. 다 같은 사북 사람이면서도 우리 집처럼 안경다리 바깥쪽에 사는 사람들은 안경다리 안쪽에 있는 시장에 갈 때도 꼭 사북에 간다고 하고, 안경다리 안쪽에 사는 사람들은 이 다리를 지나게 되면 광산에 간다고 한다.

다행히 안경다리까지 왔는데도 광호가 보이지 않았다. 나는 안심을 하고 안경다리를 지나서 역 앞부터는 천천히 걸었다. 발걸음을 옮길 때마다 길에 쌓인 탄가루가 폴싹거리며 따라 올라와서 청색 운동화 위에 소복이 쌓여 갔다. 시장 쪽으로 나 있는 큰길 가에는 어젯밤의 흥청거리던 흔적이 군데군데 토사 찌꺼기와 시큼한 막걸리 냄새로 떠돌았다.

사북시장은 밤마다 북적인다. 언젠가 나는 아빠가 선술집에서 술에 곯아떨어졌다는 연락을 받고 엄마와 함께 아빠를 찾으러 사북시장통을 헤맨 적이 있다. 밤이 깊었는데도 역 밑으로 펼쳐진 선술집에서는 돼지고기 굽는 냄새가 진동을 했고, 가게마다 사람들이 모여서 소리를 질러댔다. '광산에서는 개도 돈을 물고 다닌다'는 말이 있듯이 한 달에 한 번씩 적든 많든 월급을 받으니 돈이 흔해서 흥청망청 술을 마셔 댄다는 말도 있고, 고향을 떠나온 막장 인생들이 한 잔 술로 설움을 달래 느라 그런다고도 했다. 나는 손으로 입을 막고 숨을 멈춘 채 뛰었지만, 속에서는 토악질이 올라왔다.

아침 일찍 나온 탓인지 아이들 모습이 하나도 보이지 않았다. 읍사무소 다리를 건너고 골목을 지나 학교 앞에 이르자, 아무도 없는 운동장을 가로질러 고개를 떨구고 걸어가고 있는 광호의 뒷모습이 보였다.

나는 얼른 교문 옆으로 몸을 숨겼다.

'이상하다. 광호가 왜 저쪽으로 가고 있지?'

우리 학교는 남녀 공학이지만 1반에서 4반까지는 남자 반이고 5반에서 9반까지는 여자 반이다. 광호는 3학년 1반이니 운동장 왼쪽으로 가야 하는데, 오른쪽으로 걷고 있었다. 나는 광호가 오른쪽 현관으로 들어가자 재빨리 운동장을 가로질러 2층으로 올라갔다.

"야, 뭐 해?"

광호가 우리 반 복도 창문턱에 가방을 올려놓고 비스듬히 서서 밖을 내다보고 있었다.

"수하야, 이, 이거……."

광호가 가방을 열고 겸연쩍은 표정으로 연두색 포장지로 싼 작은 상자를 내밀었다.

"뭔데? 싫어."

나는 눈을 흘기며 광호의 손을 뿌리치고 돌아서서 번호가 달린 교실 자물쇠를 돌렸다.

"받아."

"싫어, 싫다니까."

내가 교실로 들어가자 뒤따라 들어온 광호가 다짜고짜 나를 꽉 안았다.

"어머머 세상에! 야, 너 미쳤어?"

나는 광호 어깨를 주먹으로 마구 때렸다. 광호는 얼른 팔을 풀고 얼굴이 빨개져서는 교실 밖으로 뛰어나갔다. 나는 땅바닥에 떨어진 붕어 새끼처럼 가슴이 팔딱거렸다.

'에이씨, 나쁜 자식! 나쁜 자식!'

기분이 묘했다. 두 뺨이 불에 덴 것처럼 화끈거리고 가슴이 콩콩 뛰었다. 문 앞에서 아이들 소리가 들렸다. 나는 얼른 광호가 준 상자를 가방에 넣고 자리에 앉았다. 공부 시간 내내 온갖 잡념이 들끓어 머리통이 터질 것 같았다.

하지만 다시 곰곰이 생각해 봐도 결론은 마찬가지다. 광호보다는 오빠가 더 좋고, 오빠가 좋은 만큼 광호는 너무 어리고 시시하다는 생각이 들었다. 그래도 오늘 아침 광호의 손길이 닿았던 내 가슴과 어깨엔 아직도 뭔가 짜릿한 기운이 남아 있는 것 같았고, 얼굴이 빨개져서 뛰어나가던 광호의 모습을 생각하니 괜히 웃음이 나오기까지 했다.

나는 더 이상 이 괴로움을 혼자 간직하기가 벅차서 점심시간에 짝꿍 은희에게 말해 버렸다.

"아, 가엾은 사랑의 포로여, 지독한 고뿔이여! 그러나 참고 견디어라, 모름지기 열병이란 열 내리면 낫는 법, 자연 치유의 그 날은 반드시 오리니……."

은희는 나를 위로한답시고 내 머리를 쓰다듬으며 변사처럼 읊어 댔다. 광호가 주고 간 것은 하얀 토끼 인형 한 쌍이었다.

3

 오늘은 우리 집에 연탄을 들이는 날이다. 엄마는 아빠가 회사에서 끊어 온 연탄표와 고무 대야를 들고 나섰다.
 "수하야, 따바리 할 수건 가지고 따라온나."
 "아이고, 오늘 또 골 빠지겠네."
 나는 연탄 나르는 일이 제일 싫다. 어쩌다 수한이가 좀 거들 때도 있지만 우리 집 연탄은 거의 다 엄마와 내가 머리에 이고 날랐다. 연탄 공장은 집에서 빤히 건너다보이지만, 연탄 공장과 우리 집 사이에 구릉이 있어서 올라갔다 내려갔다 하기가 여간 힘든 게 아니다.
 구멍 열아홉 개가 숭숭 뚫린 십구공탄은 내 정수리를 내리눌러서 자라목이 되게 했다. 무거운 건 그렇다 치고, 나는 연탄 대야를 이고 가는 내 모습을 혹시 오빠가 볼까 봐 마음 졸이며 걸음을 재촉했다. 오빠가 살고 있는 23동을 지나야 22동 우리 집으로 오갈 수 있기 때문이다.

탄광촌에서는 한여름에도 연탄을 피운다. 모두들 연탄불에 밥을 해 먹기 때문이기도 하고, 사방이 높은 산으로 둘러쳐져 있기 때문에 여름에도 밤이면 선뜩하여 연탄을 뺄 수가 없다. 이 곳은 산이 높아 여름에도 선풍기가 필요 없고 밤에는 기온이 뚝 떨어져 모기에 물릴 일이 없어서 좋긴 하지만, 연탄을 나를 때마다 정수리가 납작해지는 것 같아 무척 고통스럽다.

이제 백운산의 잔설도 얼마 남지 않았는데 엄마는 이번 달에도 연탄을 2백 장은 더 들여야 한다고 했다. 엄마는 연탄광에 연탄이 쌓여 있는데도 미리미리 들여놔야 연탄이 바짝 말라서 화기도 좋고 가스 냄새도 덜 난다며 한 달도 거르지 않았다.

"엄마, 고만 좀 여라. 고개 뿌러지겠네."

엄마는 대야에다 연탄을 한꺼번에 열 장씩 담아서 머리에 이었다. 나는 다섯 장씩 이고 나르는데도 발걸음이 덜덜 떨렸다. 수한이도 대야에 넉 장씩 담아서 여자들처럼 머리에 올렸다.

"엄마, 이따가 아빠 일어나면 나르지 그래? 아빠가 지게에 져 날라야 좀 쉽지, 이걸 언제 다 나르나?"

"이놈의 가시나야, 한 공수라도 더 하려고 오늘 같은 공일날도 일 나간다는 아바이한테 이런 것까지 시키면 어쩌겠나? 얼른얼른 우리끼리 여 나르자."

"아이고, 짜증나. 이렇게 눌러대도 내 키가 하나 안 줄어드는 게 신기하다니까. 아무튼 나는 광산쟁이한테는 절대로 시집 안 갈 거다."

"오냐, 니는 절대로 광산쟁이한테는 시집 안 보낼 테니까 걱정 마라."

나도 모르게 말을 해 놓고 보니 가슴이 뜨끔했다. 내가 사랑하는 오빠도 광부라는 사실이 떠올랐기 때문이다.

'오빠!'

나는 미안한 마음에 속으로 나직하게 오빠를 불렀다. 나는 정말 광부가 싫다. 아다무끼*인 아빠는 바다보다 더 깊이 내려간다는 지하 막장에서 무거운 동발*을 어깨에 메고 노보리*를 오르내리느라 집에 오면 늘 끙끙 앓는 소리를 한다. 아니, 아빠의 고된 노동 때문만이 아니다. 사방이 온통 탄가루로 덮여 있는, 흑백사진처럼 시커먼 이 곳이 싫다.

'사북과 오빠!'

사북에 살고 있는 사람들은 모두 이 곳을 떠나고 싶어한다. 아저씨들은 아저씨들대로 술에 취하면 이 더러운 곳을 떠난다고 큰소리를 뻥뻥 쳤고, 우물가의 아주머니들은 계가 끝나 목

아다무끼 후산부. 앞에서 직접 탄을 캐는 선산부를 돕는 광원으로, 흔히 '아다무끼'라고 했다. 일본 사람들이 우리나라에 와서 처음 광산을 개발했기 때문에 광산 용어에는 일본말이 많다.
동발 갱목. 광산에서 굴이 무너지지 않도록 받치는 통나무.
노보리 굴 속의 좁다란 오르막.

돈이 들어오면 이 지겨운 곳을 떠날 거라고 손가락을 꼽아 가며 말했다. 그러나 아직 살아서 사북을, 아니, 이 지장산을 떠나는 사람들은 그리 많지 않다. 사고로 생때같은 자식을 잃거나 하루아침에 남편을 깊은 굴 속에 묻고 보상금 몇 푼 받아들고 눈물로 떠나는 사람들은 있지만.

한참 연탄을 나르다가 이상한 느낌이 들어 언덕 위를 올려다보았다. 광호가 황소 눈을 껌뻑거리며 나를 내려다보고 있었다. 나는 자존심도 상하고 화도 났다. 당장 올라가서 광호 앞에 연탄 대야를 패대기치고 싶었다. 지난번 교실에서 그 일이 있은 뒤로 가만 있었더니 내가 자기를 좋아하는 줄 착각하는 것 같다.

'꿈 깨라, 광호야. 나에겐 오빠가 있다!'

내 눈앞에 빙그레 웃던 오빠의 얼굴이 스쳐 지나갔다.

집 앞에 오니 언제 일어났는지 아빠가 춘배 아저씨와 함께 연탄 창고를 손질하며 욕을 해대고 있었다. 창고라고 해 봤자 부엌 벽에 대충 각목을 세우고 비닐을 쳐서 겨우 눈비나 가릴 정도였다.

"씨벌한 놈들, 손바닥만한 집구석에 연탄광이라도 있어야 할 거 아냐!"

"누가 아니래. 마빡에다 탄을 쌓아 놓고 살 수도 없는 노릇이고……."

"형님, 요즘 땅개들을 방위과 정식 직원으로 채용했다면서

요?"

"그렇다더구만. 지난번 628항 정씨가 가다*만 받고 창고에 좀 누웠다가 그놈들한테 걸려서 3개월 감봉당했다더구만. 그놈들 귀신같이 찾아낸다던데. 더러운 놈들!"

"하여튼 창고 지을 베니다판 하나 못 들고 가게 한다대요. 부처 밑구녕 들추고 사탕 봉지 빼 오듯 그놈들이 자꾸 파고 댕기니까 사람들도 얼마나 눈치를 보는지. 글쎄 사택에도 살살 돌아댕기면서 정보를 모은다고 하더라고요."

"어쩌겠나? 그저 쫓겨나지 않고 탄이라도 파 먹고 살려면 입 꾹 다물고 살아야지. 허 참, 그놈들이 굴 앞에 서 있다가 몸이 아파서 조퇴하고 오는 사람에게도 뭔 일인가 하고 따라붙는다네. 암행 독찰대, 이게 공산당들보다 더 흉악한 놀음이지 뭔가!"

"아빠, 땅개 와요!"

"예끼, 이놈아!"

옆에서 아빠하고 춘배 아저씨가 하는 소리를 듣고 내가 연탄 대야를 내려놓으며 장난을 쳤다. 우리는 크게 소리를 내어 웃었다.

나도 요즘 우물 방송에서 '땅개' 이야기를 많이 듣는다. 내가 들은 대로라면 '땅개'라는 '암행 독찰대'는 광업소에서 돈

가다 작업을 하기 위해 짜여진 조.

을 받고 정보원 노릇을 하는 사람들을 이르는 말이다. 이 사람들은 갱 안에 있는 막장뿐만 아니라 광부들이 사는 사택까지 감시한다고 했다. 그러다가 만약 회사 물건을 가지고 나오거나 회사일에 불평불만을 늘어놓다가 걸리면 어떤 구실을 달아서라도 감봉하거나 해고한다고 했다. 그러니까 위에서 시키는 대로 두더지처럼 탄이나 파고 주는 돈이나 받으라 하고, 다른 군소리는 못 하게 하려는 것이다. 그게 더러워서 회사를 그만두면, 아예 광산을 떠난다면 몰라도 다른 곳에 취직할 수도 없다고 한다. 인근에 있는 광산들이 서로 결탁해서 해고된 광부를 어느 곳에서도 받아주지 않기로 했기 때문이란다.

연탄을 다 나른 뒤 엄마는 피곤하지도 않은지 곧장 광업소 지정 식육점으로 내려가 돼지고기를 한 보따리 이고 왔다. 아빠는 이번 달에도 만근을 했다. 돼지고기 다섯 근과 극장표 넉 장이 한 달에 한 번 만근자에게 주는 포상이다.

정육점에서 타 온 돼지고기는 반은 허연 비곗덩이지만, 엄마는 비계도 잘 안 버렸다. 너무하다 싶을 만큼 비계가 많으면 비계만 잘라서 냄비에 넣고 돼지기름을 냈다. 달구어진 냄비 속에서 투명한 기름이 되어 고인 돼지비계는 통에 부어 두면 곧 두부처럼 허옇게 굳었다. 엄마는 김치찌개를 할 때도, 달걀 프라이를 할 때도 돼지기름을 썼다. 나는 뻑뻑하게 굳어서 젓가락으로 쑤셔야만 나오는 돼지기름이 싫지만 엄마는 탄광촌에서 살려면 돼지기름이라도 많이 먹어야 한다며 일부러 돼지기름을 냈다.

"수한아, 춘배 아저씨 불러라."

"고마 놔 두소. 그라믄 소주도 한 병 더 사 와야 하는데."

엄마가 반쯤 남은 소주병을 흔들어 보며 인상을 썼다.

"아따 한 병 더 사면 되지. 고기 볶는 냄새가 거기까지 안 날 줄 아나? 아까 창고도 같이 손봤는데……."

아빠의 눈짓에 수한이가 엄마 눈치를 살피고 주춤하더니, 아빠 눈짓을 한 번 더 받고는 일어섰다.

정말 우리 엄마 아빠는 매달 판박이 같은 말을 하는 게 지겹지도 않은 모양이다. 돼지고기를 볶으면 아빠는 춘배 아저씨를 불러오라 하고, 그 때마다 엄마는 인상을 찌푸리며 무슨 핑계를 대서든 못 오게 하려고 한다.

고향이 동해안 바닷가 어디라는 춘배 아저씨는 식구들을 고향에 남겨 두고 혼자 돈 벌러 이 곳에 왔다는데, 입심이 세고 허풍이 대단해서 마치 세상 모든 일을 자기 손아귀에서 주물럭거리듯 이야기했다.

엄마가 춘배 아저씨를 싫어하는 결정적인 이유는 한 달이면 절반쯤 출근할까 말까 하는 농땡이 기질과, 턱에 검은 털이 삐쭉거려도 면도를 하지 않는 게으르고 지저분한 근성 때문이다. 꼴에 먹을 것은 귀신같이 찾아다닌다고 엄마는 비아냥거렸지만, 아빠는 혼자 사는 게 불쌍하다며 먹을 것이 생기면 꼭 불렀다.

그런데 내가 보기에 춘배 아저씨에게 가장 큰 걸림돌은 무협지이다. 아저씨는 무협지를 손에 잡았다 하면 아예 식음을 전폐하고 밤낮없이 코앞에 펼쳐 놓고는 열 권도 더 되는 책을 완전 끝장을 봐야 직성이 풀리는 사람이다. 저러다가 어느 날 돈키호테처럼 무림을 평정하러 먼길을 떠나는 건 아닌지 정말 걱정이 될 정도다.

"야, 어젯밤에 이따만한 도야지 한 마리가 백운산으로 냅다 뛰는 꿈을 꾸었더니 그놈이 오늘 우리 형수님 손에 딱 걸렸네. 하여튼 우리 형수님 돼지 두루치기 솜씨는 이 지장산에서 따라올 사람이 없다니까."

문을 열고 들어서자마자 춘배 아저씨는 아부 섞인 너스레를 떨며 상 위에 프라이팬째 올라 있는 고깃점을 냉큼 입에 집어넣었다.

"아재는 이번 달에 몇 공수나 했소?"

"저야 뭐……. 하하하, 형수님. 형수님 정말 시집 잘 온 줄 아소. 우리 형님같이 굳세게 만근하는 사람이 이 지장산에 어디 있대요. 형님쯤 되면 동원탄좌 사장이 표창장을 줘야 하는데, 짜식들이 뭘 몰라서……."

"아이고, 됐소. 식기 전에 얼른 먹기나 하소."

엄마가 춘배 아저씨의 약점을 슬쩍 건드렸지만 춘배 아저씨는 얼른 말꼬리를 돌리며 딴소리를 했다.

"수하야, 고렇게 깨작거리지 말고 푹푹 좀 먹어라. 그래도 목구멍에 탄가루 뺏기는 데는 돼지비계가 최고다."

수한이가 입을 쩍쩍 벌려 가며 볼이 터져라 고기를 먹어 대는 모습을 물끄러미 보고 있던 아빠가 내 쪽으로 고기를 밀었다. 하지만 나는 비계의 그 느물거림이 싫어서 김치 이파리를 헤치고 살점을 찾아서 젓가락질을 했다.

"수하 니가 진짜 고기맛을 몰라서 그렇지, 이 쫀득거리는 비계가 얼마나 맛있는 줄 아나? 광산쟁이들이 돼지비계 안 먹으면 삼 년도 안 돼서 코 펜다. 그래도 너 아바이가 매달 만근을 하니까 이렇게 우리 식구들이 고기를 배불리 먹지, 다른 집들은 어림도 없다."

엄마는 춘배 아저씨 들으라는 듯 자랑스런 눈길을 아빠에게 보내며 목소리를 높였다. 엄마 말이 맞다. 광부들이 한 달 만근을 하기란 그리 쉽지 않다. 꿈자리가 사나워도, 기분이 좀 울적해도, 집안 식구들이 설거지를 하다가 접시를 깨뜨려도 그 날은 재수가 없다고 나가지 않기 때문이다. 아빠가 꾸준히 만근을 할 수 있는 것은 암코양이 같은 엄마의 눈물겨운 뒷받침 덕분이기도 하지만, 술을 마시거나 해서 하루라도 일을 못 나갔다 하면 며칠씩 바가지를 긁어 대는 엄마의 은밀한 고문을 아빠 스스로 감당하기가 벅차기 때문이기도 할 것이다.

광산에서 일하는 광부들은 탄가루를 많이 들이마시기 때문에 폐에 탄가루가 쌓여서 진폐증 같은 직업병이 생긴다. 사람들은 이 병에 걸려서 병원에 가는 사람들을 보고 '코 펜다'고

했다. 한번 병원에 가면 살아오기 힘들다고 하는 말이다. 광업소에서는 광부들에게 일 년에 한 번씩 정기 검진을 받게 하지만 사람들 말로는 그건 다 형식일 뿐이며, 탄가루가 폐에 박혀 골골거려도 어지간하면 정상으로 판정해서 계속 일을 시킨다고 했다. 광부들도 막상 진폐 판정을 받으면 더 이상 일을 할 수 없기 때문에 식구들 먹여 살릴 걱정에 숨기면서 버티는 경우가 많다고 했다. 문득 은희네 집에 갔을 때 생각이 났다.

"은희야, 너네 집에선 왜 이렇게 파스 냄새가 나?"

"우리 아빠는 파스 없으면 못 살아. 맨날 가슴에 파스를 잔뜩 붙이고 다녀."

"왜?"

"파스를 붙여야 숨쉬기가 편하시대. 폐에 탄가루가 쌓여서⋯⋯."

은희의 슬픈 눈동자가 생각나자 마음이 아팠다.

"아빠, 지난번에 보니까 우리 반 은희 아빠도 폐병인 것 같던데."

"그러게 말이다. 그런데도 지난번 건강검진 때 별 문제가 없다고 나왔다더라. 개 같은 놈들, 판정이라도 제대로 해 줘야 퇴직을 하든지 치료를 받든지 하지. 광산쟁이들을 다 물로 보는 거지, 뭐."

아빠가 목소리를 높이자 엄마가 냉큼 돼지고기 한 점을 집어서 아빠 입에 넣어 주었다.

"당신도 부지런히 돼지고기 먹고, 일할 때 탄가루 안 들어가게 분진 마스크 잘 써요."

"아이고 형수님, 형수님이 굴 속에 안 들어가 봐서 그렇지, 분진 마스크 쓰면 숨이 막혀 죽어요, 죽어. 안 그래도 산소가 부족해서 머리가 아픈데. 아유, 발파 끝나고 들어가 보면 분진 때문에 눈을 뜰 수가 없다니까. 그게 다 어디로 가겠소? 광산쟁이 콧구멍 목구멍으로 들어가는 거지."

"어쨌든 부지런히 벌어서 하루빨리 이놈의 광산을 떠나야지."

엄마가 아빠 앞에 놓인 소주잔을 들어 한 모금 홀짝 마시고는 다시 잔에 술을 따라서 아빠에게 내밀자, 아빠가 춘배 아저씨에게 잔을 건네며 말했다.

"이 사람 춘배, 자네도 몸조심해야 돼. 언제 죽을지 모르는 광산쟁이 신세라지만, 그래도 폐병이 들어 골골거리지는 말아야지."

아빠 말에 분위기가 갑자기 어색해졌다.

"수한아, 가서 소주 두어 병 더 사 온나."

춘배 아저씨가 무거워진 분위기를 깨고 바지 주머니에서 꼬깃꼬깃해진 돈을 꺼내 수한이에게 주며 말했다.

"자, 형수님. 술도 있고 고기도 있으니 형수님 노래 한 곡조 뽑아 보소."

"노래는 무슨……."

소주 몇 잔을 홀짝거리던 엄마 얼굴이 발그레해지자 춘배 아저씨가 젓가락 장단을 두드려 댔다.

"안 나오면 쳐들어간다 쿵짜작 쿵짝, 엽저언 여얼닷 냥— 낙또옹강 강바람이 치마폭을 저억시면, 군인 간 오라아버니이 소오식이……"

노랫가락이 울리자 지나가던 옆집 아저씨 아줌마들이 한 사람씩 고개를 내밀며 들어왔다. 좁은 방 안에 서로 엉덩이를 붙이고 앉자 삽시간에 판이 벌어졌다. 하여튼 사택 사람들은 거의가 다 못 말리는 사람들이다. 건수만 하나 잡았다 싶으면 모여들어서 술 마시고 노래하고 춤을 춘다. 그나마 보기 좋은 것은, 돼지고기 한 점도 나눠 먹기 싫어서 꽁하던 왕소금 우리 엄마가 이렇게 사람들이 모여들어 분위기가 흥겨워지면 어느새 돼지고기 다섯 근을 아낌없이 기부하는 통 큰 여인네로 변한다는 거다.

"와! 춘배 잘 한다. 조오타!"

춘배 아저씨가 등허리에 옷가지를 틀어넣고 곱사춤을 추기 시작하자, 아빠는 성냥개비를 분질러서 눈꺼풀에 괴고 우스꽝스런 표정으로 엉덩이를 흔들어 댔다. 이 기회를 놓칠세라 아줌마들의 무지막지한 막춤과 아저씨들의 고고춤이 합세해 한참 동안 때아닌 잔치가 벌어졌다.

사람들이 모두 돌아가고 나서 엄마는 뒷설거지를 하면서도 기분이 좋은지 콧노래를 흥얼거렸다.

"엄마, 좀 고상하게 살면 안 돼?"

"고상? 이놈의 가시나야, 사람 사는 게 다 밥 먹고 똥 누고 매한가지지, 고상은 무슨 얼어죽을 놈의 고상이가?"

"알았어, 알았어. 근데 제발 그 고무줄 통치마나 벗어던져 삐라! 보기 싫어 죽겠다."

"가시나, 별걸 다 가지고 트집은……."

촌티가 줄줄 흐르는 우리 엄마 아빠, 그리고 우중충한 광산쟁이들. 그 틈바구니에서 살아가는 꿈꾸는 미운 오리 새끼, 나 김수하. 아, 언제나 백조의 날개를 달고 하늘 높이 훨훨 날아 볼 수 있을까.

4

 해거름에 추적거리며 내리기 시작한 비는 밤중이 되자 빗줄기가 제법 거세졌다. 슬레이트 지붕 위에서 빗방울 튀는 소리가 방정맞게 들렸다. 가만히 누워서 빗소리를 들으니 오빠가 더욱 생각났다. 정말 누군가를 사랑하게 되면 변덕쟁이가 되나 보다. 금방 깔깔거리다가도 금방 세상이 한꺼번에 꺼지는 것처럼 슬픔이 밀려온다. 지금 숨쉬고 있는 현실이 꿈인 것도 같고 꿈이 현실인 것도 같고, 하늘을 둥둥 떠다니는 것 같기도 하고 까마득한 절벽을 뛰어내리는 것 같기도 하고……. 한마디로 고통과 기쁨을 동시에 느낀다고 해야 할까.
 '오빠는 지금쯤 무얼 할까?'
 오빠는 집 안에만 들어가면 마치 소금이 물에 녹아 버리듯 코빼기도 보이지 않는다. 그러나 오빠 방 창문 앞에서 서성일 때면 오빠를 볼 수 있을 것만 같아서 내 가슴은 매번 기대와 흥분으로 차올랐다. 하지만 기다림에 지쳐서 돌아설 때는 밤 하늘에 빛나는 별들마저 보기 싫었다.

 오빠가 내 마음속에 들어온 뒤로 나의 모든 것은 오빠에게 맞춰진 것 같다. 그런데 내 생각을 오빠에게 전달할 수 없으니 그저 안타까울 뿐이다. 내 마음을 빗소리에 실어 오빠에게 보낼 방법은 없을까? 밤은 깊어 가는데, 내 정신은 빗소리를 따라 점점 또렷해졌다.

 나는 학교에서 돌아오면 뻔질나게 물을 길러 다녔다. 그 집 앞을 오가다 보면 혹시 오빠를 만날 수 있지 않을까 하는 생각에서였다. 마음 같아서는 당장 오빠네 집 문을 열고 들어가 궁금한 것을 물어 보고 싶지만 차마 그럴 수는 없는 일이어서 속만 탔다.

 엄마는 이런 내 속도 모르고 그릇마다 물을 채우는 나를 기특하게 여기는 눈치였다. 아빠가 일 갔다 오면 씻을 물도 미리 양은솥에 담아서 연탄불에 올려놓았다. 여름이면 아빠가 씻을 물을 커다란 고무통에 담아서 밖에 내놓고 햇볕에 데우지만 아직까지는 연탄불에 데워야 했다.

 일을 마치고 돌아오는 아빠의 얼굴은 언제나 반짝거리는 눈과 빨간 입술말고는 온통 검은빛이었다. 아빠는 돌아앉을 곳도 없는 좁은 부엌에서 팬티만 입은 채 웅크리고 앉아서 온몸에 묻은 연탄가루를 씻어 냈다.

　아빠가 손바닥에 노란 다이알 비누를 싹싹 문질러서 얼굴을 비비면 검은 거품이 뽀글거리며 일었다. 나는 어릴 때 부뚜막에 쪼그리고 앉아서 아빠의 얼굴색이 변하는 걸 지켜보면서 재미있어했다.『녹황기』라는 무협지를 보면 중국 청나라 때 한 꼬마아이가 무술을 배우는 이야기가 나온다. 그 아이는 얼굴색을 변하게 하는 묘기가 있는데, 초록색 얼굴이 순간적으로 노랗게 보이게 한다든지 그 밖에 여러 가지 색으로 변하게 할 수가 있다. 하지만 그 묘기는 아무에게나 전수하지 않는 극비라고 했다. 아빠도 하루에 한 번씩 검었다가 하얘지는 묘기를 부리고 있다고 생각하니 웃음이 나왔다.

　얼굴을 씻고 난 아빠가 팔 다리를 씻고 나면 나는 물을 끼얹으며 아빠 등을 문질러 주었다. 일일이 길어다 쓰는 물인지라 아끼느라고 바가지로 잘금잘금 부었다. 연탄 공장 옆에 광업소에서 지어 놓은 목욕탕이 있지만, 사람들 말에 따르면 그 목욕탕은 살아 있는 광부들을 위해서가 아니라 죽은 광부들의 시체를 씻기고 수습할 때 쓰려고 지었다고 한다. 그래서 사람들은 기분 나쁘다고 그 곳에 잘 가지 않았다.

　목욕을 하고 난 아빠의 얼굴에는 마치 아가씨들이 아이라인을 그린 것 같은 까만 선이 눈가로 빙 돌아가며 또렷하게 남아 있었다.

　'오빠 눈에도 까만 선이 있었던가?'

나는 어느새 또 오빠 생각에 빠져들었다.
"수하야, 내친김에 니가 아빠 속옷하고 양말까지 빨아 올라냐?"
엄마가 눈을 찡긋하며 부탁했다.
"엄마는 오늘 우물 방송이 안 궁금해?"
"궁금하긴. 여편네들이 떠들어 봐야 그 말이 그 말이지 뭐."
엄마는 요즘 홀치기로 돈 버는 재미가 쏠쏠한지 통 움직이려 하지 않았다. 하긴, 내일 당장 세상의 종말이 온다 해도 돈벌이라면 왕소금 엄마가 포기하지 않을 테니까.
나는 빨래를 주섬주섬 담아서 수돗가로 나갔다.
"내가 바람피우는 걸 네년이 봤냐? 봤어?"
"아이고 이년아, 온 동네에 소문이 왁시글한데 잡아떼기는, 이 화냥년이!"
"화냥년? 그래 니 말 잘했다. 이년아, 오늘 화냥년한테 한번 죽어 봐라."
빨래터에서는 순길이 엄마하고 떠버리 아줌마가 서로 머리 끄덩이를 휘어잡고 싸우느라 난리가 났다. 사람들이 뜯어말릴수록 두 사람은 더욱 악다구니를 부리며 잡아뜯고 싸웠다. 머리채가 산발이 되고 옷이 찢기고 신발짝이 날아갔다.
우물 방송에서 가장 인기 있는 화제는 단연 바람난 동네 아주머니들 이야기인데, 이런 이야기가 동네를 휘휘 돌아 당사자 귀에까지 들어가면 틀림없이 이렇게 한바탕 치고받는 싸움이 벌어진다.
 지난 여름에 순길이 아빠가 막장에서 사고로 죽었는데, 이즈음 보상금이 나오면서 순길이 엄마가 화제의 주인공이 되었다. 한동안 두문불출하던 순길이 엄마가 요즘 사북 읍내로 뻔질나게 오르내리며 바람을 피운다는 소문이 돌았는데 그 소문에 부채질을 한 게 바로 떠버리 아줌마인 모양이었다. 떠버리 아줌마는 남의 말은 떡 먹고 참으라고 해도 못 참을 아줌마다. 몸이 드럼통처럼 굵은데다 어기적거리며 걷는데, 그것이 남의 말을 엿듣느라 그렇게 된 거라는 얘기가 있다. 오죽했으면 떠버리라는 별명까지 붙었을까만, 정작 본인은 그것을 눈치채지 못하고 있으니 문제였다.
 "으이구, 광산쟁이 여편네들은 참 억세 빠졌어!"
 내 옆에서 싸움을 구경하던 뒷동 아주머니가 돌아서며 하는 말에 나는 피식 웃음이 나왔다.
 '자기도 광산쟁이 여편네면서······.'
 정말 광산에 사는 아주머니들은 툭하면 서로 머리채를 잡아챘고, 아저씨들도 술에 취하면 서로 치고받았다. 떠도는 소문을 들어 보면 누가 누구를 패서 사북 지서에 잡혀갔고, 누가 벌금을 얼마 냈고, 치료비를 얼마 물어 주었다는 이야기가 줄을 이었다. 광산쟁이들은 세파에 시달리고 시달리다 모여든 사람들이 태반이어서 거칠다고는 하지만, 이 곳 사람들은 아무튼 말로 해도 될 것을 일단 치고받아야 성이 풀리는 '법보다 주먹이 가까운' 생활을 했다.

그 중에서 가장 많이 싸우는 이유는 소음 때문이다. 병반 일 나가는 사람들은 밤에 일을 하고 낮에 잠을 잔다. 그런데 중간에 벽돌 한 줄 쌓아서 경계를 삼은 사택의 구조상 조금만 큰 소리로 말을 해도 옆방까지 다 들린다. 그러니 "병반이니까 잠 좀 자게 조용히 해라" 하면 대번에 나오는 대답이 욕이다.

"씨발, 우리가 병반일 때는 온 동네 사람들 모아 놓고 떠들어 대더니, 뭐라고?"

그래서 서로 멱살잡이를 하고 코피가 터지고 사람들이 몰려와서 말리고 한참 야단이 난다. 이웃끼리 서로 고소한다고 독을 품을 때 보면 이건 원수도 그런 원수가 없다. 그런데 이런 싸움도 며칠 지나지 않아 서로 이마 맞대고 술잔 한번 부딪치고 나면 언제 그랬냐는 듯 삭는 것을 보면 참 신기하다. 화해가 쉽기는 아주머니들도 마찬가지다. 큰 양푼에 보리밥을 잔뜩 비벼 놓거나 부침개 몇 장 부쳐 놓고 모여앉아 먹다 보면 언제 싸웠냐는 말이 무색할 정도로 금세 깔깔거린다.

'싸워라, 싸워. 피 터지게 싸워라.'

이제는 나도 이런 아주머니들 싸움 구경에 이골이 나서 겁도 안 난다. 떠버리 아줌마가 악을 쓰고 퍼부어 대면 순길이 엄마가 탁구공처럼 보르르 뛰어가다가, 사람들이 말리면 주저앉아 버둥질을 하는 모습이 오히려 재미난 구경거리 같다. 그렇게 둘 다 악을 써가며 잡아뜯더니 이내 지쳤는지, 말리는 사람들 손길에 이끌려 못 이기는 척 각각 흩어졌다. 떠버리 아줌마가 길바닥에 벗어던진 파란 고무 슬리퍼 한 짝이 보였다. 나는 얼른 집어서 하수도 쪽으로 휙 던져 버렸다.

빨래터에서는 먼저 온 사람들이 빨래하는 동안 나중에 온 사람들은 빨래 대야로 줄을 세워 놓고 기다리다가 한 사람이 빠져나가면 다음 사람이 빨래를 한다. 다행히 싸움 뒤끝이라 기다리는 사람이 없었다.

빨래를 하는 데도 순서가 있다. 처음에는 맨 끝에 앉아서 지독한 탄가루를 방망이로 두드리며 비벼 빨아야 한다. 그런 다음 한 칸씩 올라가면서 빨래를 헹군다. 그래야 맨 위에 앉은 사람이 맑은 물에 옷을 헹굴 수 있다. 하지만 탄복은 다른 옷과 달라서, 맨 위에서 헹궈도 연탄 물이 다 빠지지는 않는다.

아빠의 속옷은 매일 갈아입어도 땀에 절어서 항상 쉰내가 난다. 굴 속에 들어가면 땅에서 올라오는 지열과 습기가 엄청나 금세 땀투성이가 된다고 했다. 일하다가 속옷이 흠뻑 젖으면 옷을 벗어서 땀을 짜고 다시 입기도 하지만, 장화 속에서 절벅거리는 땀에 퉁퉁 분 발은 어떻게 할 수가 없다고 했다. 굴 속에 들어가 보지 못한 나는 상상조차 할 수 없는 일이지만, 뻣뻣한 옷과 젖은 장화 속에서 허옇게 불어터진 아빠의 발을 볼 때마다 코끝이 찡해지곤 했다.

나는 빨래에 비누를 묻혀 박박 치댄 다음 빨랫돌 위에 놓고 방망이로 두들겼다.

"야야, 앞산에 해지는데 방망이질하면 재수 없단다. 손으로 빡빡 치대서 빨아라."

'어이구, 재수 없는 게 많기도 하다. 망할 놈의……'

나는 앞에 앉은 아주머니 말에 화가 나서 방망이를 돌 위에 탁 소리가 나게 내려놓았다.

빨래를 해 가지고 돌아오면서 보니까 오빠네 집 문이 열려 있고, 젊은 아주머니가 방을 쓸고 있었다. 아주머니 옆에서는 대여섯 살쯤 된 남자아이와 서너 살쯤 되어 보이는 여자아이가 장난감을 가지고 놀고 있었다. 아무리 봐도 오빠의 부인이라고 하기엔 훨씬 나이 들어 보였다.

'연상? 아니야, 대충 봐도 열 살 이상 차이가 날 것 같아.'

나는 고개를 가로저으며 다시 곱돌아 서서 방 안을 힐끗거렸다. 아주머니가 입고 있는 검은 바탕에 붉은 꽃무늬 홈드레스가 눈에 띄었다.

'그래, 옷이야! 옷은 날개라고 하잖아.'

갑자기 내가 입고 있는 옷이 너무 초라해 보였다.

'맞아, 오빠의 관심을 끌려면 변신이 필요해.'

그러잖아도 나는 내 신체 구조에 불만이 많다. 키만 멀쑥하니 컸지, 가슴은 거의 절벽이나 마찬가지다. 은희는 가슴이 커서 고등학생인 자기 언니하고 같은 크기의 브래지어를 한다는데, 나는 두 팔을 위로 뻗치면 브래지어가 허리까지 고속 통과다. 게다가 은희는 교복 바지가 톡 튀어나오도록 엉덩이가 오동통한데 내 엉덩이는 살집이 없어서 좁다랗고 삐죽하다. 여성스러운 풍만함이라고는 눈을 씻고 찾아봐도 한 군데도 없다. 요즘 다시 발견한 사실이지만, 이래서 모두들 나를 어린애 취급 하는 거다.

오빠와 몇 번 마주치진 않았지만 내가 좀더 예뻤더라면 나는 단번에 오빠의 관심을 끌었을지도 모른다. 아니면 오빠처럼 얼굴이라도 뽀얗든가. 오빠는 나를 그냥 얼굴이 검고 삐쩍 마른 중학생 계집애 정도로만 기억할 거다. 아니, 전혀 기억 못 할지도 모른다.

집으로 돌아온 나는 옷장을 뒤져 지난해에 서울 이모가 엄마 생일 선물로 보내 준 잠옷을 찾아냈다. 어쩌면 야들야들한 이 잠옷이 나를 성숙한 여인으로 변신시켜 줄지도 모른다는 생각이 들었다. 아니, 이 잠옷말고는 우리 집에 남의 관심을 끌 만한 화사하고 예쁜 옷이 없다. 그렇다고 엄마에게 나를 성숙한 여인으로 변신시켜 줄 아름다운 원피스를 사 달라고 했다간, 좋다 싫다 대답도 없이 플라스틱 파리채가 날아올 게 분명하다. 나는 엄마 몰래 잠옷을 입어 보았다. 발목까지 내려와서 하늘거리는 잠옷은 속살이 약간 비쳤다. 됐다. 이 옷이면 충분히 내 신체적인 악조건을 가려 줄 수 있을 것이다.

나는 차마 입이 떨어지지 않아서 며칠을 엄마 눈치만 살폈다. 그러다가 며칠 뒤, 엄마가 기분이 좋아 보일 때 슬그머니 입을 열었다.

"엄마, 잠옷 나 주면 안 돼?"
"잠옷?"
"왜, 작년에 서울 이모가 사 보낸 거 있잖아."
"왜, 입고 싶나?"
"응"
"그러든가. 내사 그거 너무 야단스러워서 못 입겠더라."
 엄마는 대수롭지 않다는 듯이 허락을 했다. 내가 며칠 동안 엄마 눈치를 보며 속을 태운 것을 생각하면 너무나 쉽게 얻어 낸 대답이었다.
 나는 해가 저물기를 기다렸다가 잠옷을 입고 그 위에 덧옷을 하나 걸치고 밖으로 나왔다. 그리고 사택 뒤쪽을 돌아서 오빠 방 창문 쪽으로 우아하게 걸어갔다. 나는 사람 기척이 나면 괜히 바쁜 척 걸음을 빨리 하고, 기척이 없으면 오빠 방 앞에서 서성거렸다.
 '제발, 오빠 한 번만요. 한 번만 창문 쪽을 봐요.'
 나는 콩닥거리는 가슴으로 간절히 빌었다. 그러나 오빠 방에서는 희뿌연 형광등 불빛만 무심히 흘러나왔다.
"수하야!"
 허탈한 마음으로 돌아서는데 어둠 속에서 광호 목소리가 들렸다.
"수하야, 예쁘다!"
 광호의 목소리가 떨리고 있었다. 나는 깜짝 놀라서 그 자리에 우뚝 섰다.

"우리 얘기 좀 하자."

광호가 옆으로 다가와 내 어깨에 슬그머니 팔을 올리며 정겹게 말했다.

"싫어!"

내가 돌아서자 광호가 내 손을 잡았다.

"수하야."

"나는 너 싫어!"

"왜?"

"그냥."

광호는 내 손을 잡은 채 말없이 서 있었다. 내가 광호 손을 뿌리치고 돌아서는데, 그 때 마침 떠버리 아줌마가 나타나 가까이 다가오더니 내 얼굴을 빤히 들여다보며 혀를 찼다.

"니 수하 아이가? 아이고, 이마에 피도 안 마른 것들이, 쯧쯧쯧……."

떠버리 아줌마는 광호와 나를 번갈아보며 알 만하다는 표정을 지으며 내 등을 손바닥으로 탁 쳤다.

"야, 손광호 너 때문에……. 아줌마는 아무것도 모르면서……."

"모르긴 뭘 모르나! 아따, 가시나 니 옷 참 얄궂게 입었네. 사나 앞에서 꼬리치지 말고 퍼뜩 들어가거라."

나는 화가 나서 몸이 덜덜 떨렸지만 입술을 꼭 깨물며 참았다. 내가 뭐라고 대꾸해 봤자 떠버리 아줌마의 목청은 더 높아질 게 뻔하다. 광호는 벌써 저만큼 뛰어가고 있었다. 나는 속상하고 분해서 눈물이 찔끔 났다.

"몰라요! 아줌마는 왜 그렇게 남의 참견만 하고 다녀요?"

나는 눈물을 질금거리며 한마디 쏘아붙이고는 발을 쾅쾅 디디며 돌아섰다.

"에라, 이놈의 가시나야. 다 지를 위해서 그런 줄도 모르고……."

떠버리 아줌마가 내 뒤통수에 대고 소리를 질렀다.

다음날 저녁, 나는 또 떠버리 아줌마나 광호를 만날까 봐 마치 자라목 빼듯이 목을 길게 빼고 이쪽 저쪽을 살피며 조심스럽게 밖으로 나갔다. 그러나 이번에도 오빠를 만나지 못했다.

'정신 차려, 김수하. 이 한심한 계집애야.'

정말 짝사랑은 온몸의 진을 다 빼고 나가떨어지게 만드는 지독한 고뿔이다.

집에 들어서는 순간 사기그릇 깨지는 듯한 엄마 목소리가 날아왔다.

"수하, 니 광호하고 연애하나?"

"뭐? 누가 그딴 소리를 해?"

나도 짐짓 눈을 크게 뜨고 턱을 치켜올리며 소리쳤다.

"떠버리 아줌마가 그러더라. 니가 밤중에 뒷동 앞에서 살랑거리고 댕겼다며? 이놈의 가시나야, 동네 창피 떨지 말고 가만히 좀 있거라이. 그리고 지금 니가 연애질 할 때가? 악착같이 공부해서 고등학교는 가야 할 거 아니가."

"연애질은 무슨 연애질? 그 아줌마 알지도 못하고서 그래."

"이 가시나가 그래도……."

"아얏!"

마침내 파리채가 내 등짝을 향해 날아왔다.

"우리 수하가 광호랑 사귄다고? 야, 광호 그놈 저 할배 장사 때 보니 달구똥 같은 눈물을 뚝뚝 흘리면서도 끝까지 저 아버지 옆에서 일 거들더라. 좋지, 광호처럼 듬직한 사위 보면."

"아니, 당신까지 왜 그래요? 니 한 번만 더 오밤중에 돌아댕겼단 봐라. 아주 니 죽고 나 죽고……."

엄마가 극단적인 표현으로 엄포를 놓았다. 엄마도 나같이 열여섯 어린 청춘에 짝사랑이라는 걸 해 봤을까? 하긴, 갓 스물에 시집 온 우리 엄마도 조숙하기는 한참 조숙했겠다.

'어휴, 손바닥만한 이놈의 동네!'

나는 잠옷을 꼭꼭 뭉쳐서 옷장 속에 밀어 넣으며 변신에 실패한 쓰린 가슴을 달랬다.

5

 나는 벌써 며칠째 새벽이면 노루귀꽃이 핀 산기슭으로 올라 갔다. 새벽 댓바람에 산을 오르면서 길가에 뾰족 올라오는 새 싹과도, 꼼지락거리는 벌레와도 마구 이야기를 했다. 아무도 알아주지 않는 내 마음을 미물들에게라도 하소연하고 싶었다. 노루귀꽃을 뜯어 들고 내려오면서 우연히, 정말 단 한 번만이라 도 우연히, 꽃을 든 내 모습을 오빠가 봐 주기를 간절히 빌었다.
 "수하야, 수한아, 아빠가……."
 노루귀꽃 줄기를 가지런히 모아서 오빠 방 창턱에 올려놓고 집으로 돌아오는데, 엄마가 새파랗게 질리다 못해 검게 변한 얼굴로 뛰어나오고 있었다. 순간 나는 가슴이 철렁 내려앉았 다. 나도 엄마 뒤를 쫓았다. 아주머니들이 웅성거리며 언덕배기에 서 있었다.

"돌덩이가…… 구조반이…… 갱내에 공기가……."

모여선 사람들이 뱉어내는 말들이 조각조각 흩어져 눈앞을 어지럽혔다. 귀에는 웅웅 바람소리만 들렸다. 아저씨들 몇몇이 엄마와 나를 앞질러 뛰었다.

"아빠, 아빠 죽지 마! 아빠……."

병반으로 나간 아빠가 사고를 당한 모양이다. 앞서가는 엄마의 발걸음이 휘청거렸다. 나는 엄마를 앞질러 뛰었다. 발바닥이 마치 스펀지 위를 걷는 것처럼 푹푹 빠져들어서 마음과는 달리 앞으로 나아가지 않았다. 갑자기 온 세상이 멈추어 버린 듯 답답하고 숨이 찼다. 가슴이 터질 듯이 조여 왔다. 내 앞을 질러 산모롱이를 돌아가는 수한이의 모습이 슬로 모션처럼 느리게 눈앞에서 멀어졌다.

잠시 숨을 고르며 뒤를 돌아보니 엄마가 반쯤 입을 벌린 채 한 손으로 치마를 붙잡고 금방이라도 곤두박질할 것처럼 뛰고 있었다. 나는 다시 뒤로 뛰어가 엄마 손을 잡아끌었다.

"안 된다……. 안 돼, 안 돼……."

엄마의 바짝 마른 두 눈이 금세 초점을 잃고는 퀭해졌다.

"아무 말 하지 마!"

분명히 엄마에게 힘껏 소리를 지른 것 같은데 귀에는 아무 소리도 들리지 않았다. 혓바닥은 자꾸 따갑고, 굴까지 가는 길은 아득했다. 간신히 갱 앞에 이르니 벌써 구조 작업을 시작했는지 장비가 굴 속으로 계속 들어가고 있었다. 사람들은 분주하게 움직이며 뭐라고 소리치는데, 그 말들이 다 뭉뚱그려져서 내 귀에는 그저 왕왕거리기만 했다.

아빠를 삼킨 시커먼 굴이 마치 괴물 아가리처럼 큰 입을 쩍 벌린 채 버티고 서 있었다. 우리처럼 소식을 듣고 달려온 다른 가족들도 모두 넋이 빠져서 그 자리에 멍하니 서 있었다. 엄마가 중심을 잃고 털썩 주저앉았다. 수한이와 내가 동시에 엄마를 일으켜 세웠다. 구조반 아저씨들 여러 명이 연장을 들고 굴 속으로 들어가고 있었다.

"아이고, 내 아들! 애비야, 어디 있냐?"

한 할머니가 뛰어오더니 그 자리에 주저앉으며 숨을 몰아쉬었다. 옆에 있던 아저씨가 할머니를 뒤쪽으로 끌어냈다. 할머니의 눈동자가 은행알처럼 노랬다.

"여러분, 일단 안심하십시오. 송풍구를 통해 안에 있는 사람들의 목소리를 들었습니다. 신속히 구조 작업을 펼치고 있으니 침착하게 기다려 주십시오."

광업소 책임자가 손나팔을 만들어서 큰 소리로 말했다. 그러자 사람들이 그 쪽으로 우르르 몰려갔다.

"사고 난 데가 어디쯤이요?"

"갇힌 사람이 몇이래요?"

"지금 안으로 공기는 통하고 있소?"

사람들이 흥분한 목소리로 물었다.

"주, 죽은 사람은 어, 없지요?"

"어허, 이 여자가 재수 없는 소리는!"

입술이 새파랗게 질린 젊은 아주머니가 더듬거리며 묻자 옆에 서 있던 아저씨가 한쪽 눈을 치켜뜨며 핀잔을 주었다. 얼굴이 흙빛으로 변한 엄마가 넋이 나간 사람처럼 굴 입구 쪽으로 흐느적거리며 다가갔다.

"아주머니, 가까이 오시면 작업에 방해돼요. 사무실에 들어가서 기다리세요."

아! 오빠였다. 장화를 신고 안전모에 작업등을 단 오빠가 한 손에 삽을 든 채 엄마 팔을 붙잡았다. 나는 오빠를 본 순간 왈칵 눈물이 솟구치며 우리 아빠를 살려 달라고 매달리고 싶었다. 오빠라면 그럴 수 있을 것 같았다. 오빠는 엄마를 부축해서 사무실 안으로 데리고 갔다. 나와 수한이도 따라 들어가 양쪽에서 엄마 손을 잡았다.

"엄마 잘 보살펴 드리고 있어."

오빠가 수한이 어깨를 툭툭 치면서 말했다. 나는 눈물을 훔치며 오빠 얼굴을 쳐다보았다. 오빠의 하얀 얼굴도 푸른빛을 띤 채 굳어 있었다. 나는 사무실 의자에 엄마를 앉히고 밖으로 나왔다. 굴 속에서 구조 작업을 하는 사람들이 외치는 소리가 메아리쳤다. 광차가 돌무더기를 실어나르고, 삽과 곡괭이를 든 사람들이 점점 더 많이 굴 속으로 들어갔다.

나는 턱이 덜덜 떨리면서 앞니가 딱딱 부딪쳤다.

'아빠는 지금쯤 얼마나 고통스러울까?'

사람들이 갱 속에 갇혀 있는 사람들에게 송풍구를 통해 빵과 우유를 들여보냈다고 했다. 그것들은 공기의 압력으로 빨려들어갔을 것이다. 칠흑 같은 굴 속에서 아빠는 빵을 먹고 있을까?

"굴 속에 쥐새끼들이 돌아댕기는데, 고놈들은 꼭 도시락 먹을 때면 귀신같이 나타나서 반들거리는 눈으로 쳐다보거든. 하긴, 그러니 밥 한 술이라도 얻어먹지만. 그래도 고놈들이 영물인 게, 굴에 뭔 사고가 나면 먼저 알고 도망치는 거라."

아빠 도시락을 얻어먹는다던 쥐새끼가 생각났다. 아빠 말대로 그놈들이 사고가 날 줄 미리 알았다면 아빠에게 알려나 주지. 야속한 놈들!

어둠 속에서 절망과 두려움에 떨고 있을 아빠를 생각하니 자꾸 눈물이 났다.

'두더지 같은 우리 아빠!'

아빠는 군대에 갔다 와서 곧바로 광부가 되었다고 한다. 아빠는 가난한 농사꾼 집안에서 태어나 중학교를 간신히 졸업하고 할아버지를 도와 농사를 지었다. 그러나 손바닥만한 땅뙈기와 소작으로 부치는 논 몇 마지기로는 식구들이 겨우 입에 풀칠이나 할 정도였다고 한다. 아빠가 제대하고 오니 바로 밑의 남동생이 고학으로 어렵게 고등학교를 졸업하고 대학에 합격했지만 학비를 마련할 길이 없어서 한숨만 푹푹 내쉬고 있었다고 한다.

"그놈아가 허연 달을 쳐다보면서 달기똥 같은 눈물을 뚝뚝 흘리는 걸 보니 억장이 무너지더라. 그 때 결심했지. 오냐, 내 뼈가 부서지는 한이 있어도 공부시켜 줄 테니까 기다려라. 실은 그 때 나도 내 앞날을 생각하니 속이 갑갑하던 때라, 백 날 농사꾼으로 살아 봤자 어떤 놈이 돈보따리를 싸다 줄 리도 없고. 그렇다고 배운 게 있나, 가진 게 있나."

아빠는 그길로 광산을 찾았지만, 처음에는 굴 속에 들어갈 자신이 없어서 며칠 동안 굴 밖에서 서성이기만 했다고 한다.

"야, 처음에 케이블을 타고 지하 수백 미터를 내려가는데, 오줌이 질금질금 나오면서 눈앞이 아득하더라. 어금니를 얼마나 심껏 깨물었던지 지하에 도착하니 양쪽 뽈따구가 얼얼하더라고. 몇 년만 하자. 그래, 딱 몇 년만 벌어서 읍내에 자전차포라도 하나 내면 된다."

아빠의 도움으로 대학을 졸업하고 군청에 다니던 작은아빠가 지난 해 과장으로 승진했다는 연락을 받은 뒤, 아빠는 식구들 앞에서 자신의 지난날을 이야기했었다.

"에이구, 지가 잘살아야지 다 필요 없다니까. 머리 검은 짐승이 은혜를 모른다고, 당신이 그렇게 고생해서 공부시켜 놨어도 말짱 헛거라. 지금 당신 동생이 잘 먹고 잘 살아도 어디 형을 발밑의 때만큼이라도 생각하나요? 다 부질없는 짓이지. 그 돈 모아 뒀다가 우리 수하, 수한이 공부나 많이 시키면 좀 좋아."

"어허, 그게 뭔 소리냐! 갸는 갸 인생이 있는 거고 나는 내 인생이 있는 거지. 애초에 내가 무슨 덕 보려고 그랬나? 그저 잘살아 주면 그게 고마운 거지."

"어이구, 자기 동생이라고 싸고돌기는……."

엄마가 뾰로통해서 돌아앉자 아빠는 물끄러미 천장을 바라보았다.

아빠는 그렇게 광산 생활을 시작해 엄마와 결혼한 뒤 돈을 좀 모았지만, 할아버지가 병이 나는 바람에 돈이 몽땅 그리로 들어갔다고 한다. 하지만 아빠는 아직도 돈을 모아 고향으로 돌아가 자전거포 차리는 꿈을 접지 않은 듯하다.

"와, 나온다! 나와!"

누군가 소리치는 것과 동시에 사람들이 굴 앞으로 우르르 몰려갔다. 나도 사람들을 밀치며 앞으로 뛰어갔다. 대기하고 있던 구급차가 앵앵거리기 시작했다. 갇혔던 사람들이 구조대의 부축을 받으며 밖으로 나왔다. 어떤 사람은 들것에 실려서 나왔고, 어떤 사람은 양 옆에서 부축을 받으며 걸어 나왔다. 안에서 나오는 사람들은 석탄투성이가 되어 누가 누군지 구별하기가 힘들었다. 나는 가슴을 졸이며 아빠가 나오기를 기다렸다.

"아이고 어떡해!"

자지러지는 비명 소리가 들렸다. 아까 입술이 새파랗게 질려서 더듬거리던 젊은 아주머니였다. 아니, 아줌마라기보다는 아직 신혼의 단꿈에 젖어 있을 법한 젊은 새색시였다. 그 아줌마가 붙잡고 있는 들것에는 사람은 보이지 않고 담요가 푹 덮여 있었다.

"비켜요, 비켜!"

"안 돼! 안 돼요, 죽으면 안 돼!"

젊은 아주머니가 담요를 걷어 내며 소리쳤다. 그 소리가 마치 유릿조각이 살 속에 섬뻑 박히듯이 아프게 와 닿았다. 들것에 누운 사람의 얼굴은 시커먼 덩어리가 엉겨 있어서 형태를 알아볼 수도 없었다. 아! 그것은 그냥 검은 연탄 빛이 아니라 검붉은 핏빛이었다.

'죽었구나!'

나는 얼른 두 눈을 감았다. 하지만 꼭 감은 내 두 눈에 검붉은 핏빛이 더욱 선명하게 보였다.

"돌에 맞은 것 같은데!"

"아이고, 새댁이 아직 젊은데……."

주검이 실린 들것은 벌써 구급차 안으로 들어갔고, 젊은 아주머니는 얼굴이 하얗게 질린 채 구급차에 한 발을 올리고 있었다. 명치끝에서 꾹꾹 울음이 치받쳤다. 속에서 분이 솟으며 주먹이 불끈 쥐어졌다. 누군지는 몰라도 이렇게 만든 장본인을 손톱을 세워 할퀴고 잡아뜯고 싶었다. 지난 달 삼척탄좌에서 가스 사고로 스물일곱 명이나 떼죽음을 당했다는 소식을 듣고도 나는 침 한번 꿀꺽 삼키고 잊고 지냈다. 그러나 이 두 눈으로 똑똑히 보니, 저 엉겨 있는 핏덩이는 더 이상 남의 일이 아니었다.

"아빠!"

나는 굴 앞으로 뛰어들며 부르짖었다.

"야, 저리 비켜라."

"얘 좀 끌어냇!"

"아빠! 놔요, 이거 놔!"

사람들이 양쪽에서 나를 잡았다. 나는 뒤로 끌려나오면서 몸부림을 쳤다.

"아빠!"

"아이고, 수하 아빠!"

나는 수한이와 엄마가 외치는 소리를 듣고 다시 소리가 나는 쪽으로 뛰었다.

'살았다!'

양쪽에서 부축을 받고 있었지만 그래도 스스로 걸어 나오는 아빠를 본 순간, 나도 모르게 무릎이 꺾이고 몸이 휘청거렸다.

"아빠!"

수한이가 먼저 뛰어가서 아빠 품에 안겼다.

"아빠, 괜찮아, 응? 괜찮아?"

"괜찮아, 괜찮다."

아빠가 힘없이 손을 내저으며 말했다.

하얀 가운을 입은 사람들이 아빠 몸에 담요를 둘러 주고는 구급차에 태웠다. 아빠 얼굴을 살필 새도, 말을 더 건넬 새도 없었다. 아빠를 태운 구급차가 요란한 소리를 내며 달려갔다.
"자, 엄마 모시고 집에 가야지."
오빠가 다가와 수한이와 내 어깨를 부드럽게 두드리며 말했다. 나는 순간 얼굴을 돌렸다. 퉁퉁 부은 내 얼굴을 오빠에게 보여 주기 싫었다. 구급차는 떠났지만 그 자리에 남아 있던 사람들은 움직이지 않았다. 구급차 안에서 들려오던 애끓는 울음소리가 귓가에 생생하게 남아 있었다. 사고가 난 후 한동안 내 눈앞에는 주검에 엉겨 있던 핏덩이가 불쑥불쑥 환영처럼 떠올라 속이 부르르 떨렸다.
다행히 아빠는 다친 곳이 없어서 곧바로 퇴원했다. 그러나 며칠 동안은 깊은 잠을 이루지 못하고 자다가도 깜짝깜짝 놀라서 일어났다. 그 때마다 엄마가 재빨리 청심환을 입에 넣어 주었다.
아빠가 퇴원한 뒤 동네 사람들이 분주하게 우리 집을 들락거렸다. 식혜를 삭혀 오기도 하고 김치 부침개를 해 오기도 하고, 고향에서 보내왔다는 조개젓을 가지고 오기도 했다. 18동에 사는 입뻐뚤이 할머니는 신문지에 꼭꼭 싼 쇠고기 반 근을 엄마에게 건네주며 "고맙네, 고마워. 이렇게 무사해서 정말 고마워"하고는 눈물이 글썽해서 돌아가기도 했다. 동네 아저씨들은 죽을 뻔한 우리 아빠를 몸보신 시킨다고 얼마씩 추렴해 마당에 솥을 걸고 개고기를 삶았다.

"지지고 볶아도 이웃사촌이 제일이다."

춘배 아저씨는 손으로 고기를 뜯어 나르며 싱글벙글했다.

그런데 깜짝 놀랄 일이 생겼다. 저녁 늦게 오빠가 우리 집에 온 것이다.

오빠가 우리 집에 들어선 순간, 나는 숨이 멎어 죽는 줄 알았다. 나는 부뚜막에 쪼그리고 앉아 나팔처럼 귀를 열고 방 안에서 흘러나오는 오빠의 말소리에 귀를 기울였다. 오빠는 좀처럼 말을 하지 않는 모양인지 목소리가 거의 들리지 않았다. 그러나 신기하게도 여럿이 함께 웃는 소리에서 나는 오빠의 웃음소리를 가려낼 수 있을 것 같았다.

"형님은 이제 삼천갑자 동방삭이맨코롬 오래 살 거요. 한 번 죽은 목숨인데 이제 어느 누가 잡아갈 거요, 하하하."

"이 사람아, 광산쟁이가 죽다가 사는 게 어제오늘 일이가? 몇 년 전 백운항에 있을 때도 죽은 목숨이었는데 운 좋게 다리만 부러지고 살아났지만."

"사람이 저렇게 눈이 퀭해졌는데도 내일 모레 바로 출근을 하라니……."

"형수님, 어디 한두 번 겪어 봐요? 광산쟁이 목숨이야 파리 목숨하고 매한가지지. 죽으면 개값 쳐주고, 살면 다시 굴 속에 들어가고……."

"그래요 아저씨, 이건 너무한 것 같아요. 정신적으로 좀 안정되고 나서 일해야 하는데, 이렇게 바로 일하러 나오라니요."

아, 마치 내 귓가에 속삭이는 듯한 저 부드러운 목소리!
'맞아, 나쁜 놈들이야. 우리 아빠가 죽다가 살았는데. 그 날 아침 우리 식구들이 당한 고통, 눈앞이 캄캄하고 심장이 오그라드는 것 같던 그 고통만 생각하면 지금도 이렇게 온몸이 떨리는데······.'
나는 속으로 오빠 말에 맞장구를 쳤다.
"지금 정신적 안정이 문제가 아니네. 이번 사고로 다시 한 번 느낀 거지만 갱내의 안전이 더 시급한 문제라. 무조건 탄만 캐내라는 건 춘배 자네 말마따나 광산쟁이들 목숨을 파리 목숨으로밖에 안 보는 거지. 이런 걸 보면 사람들이 힘을 합쳐서 어용 노조 위원장을 갈아치우고 새 위원장을 뽑아서 그런 안전 문제부터 해결해야 해. 내가 백운항에서 다쳤을 때는 쫄딱 구덩이고 하청업자가 워낙 없는 놈이어서 그러려니 했는데, 이번 일을 겪고 보니 이런 큰 광업소에서 너무하는 것 같구만. 어쩔 수 없는 사고는 그렇다손 치더라도 사람 힘으로 막을 수 있는 사고는 미리 막아야 하는데······."
"형님, 여드레 삶은 호박에 이도 안 들어갈 소리요. 탄 팔아서 돈 긁어모으는 재미에 눈이 벌개 있는 놈들이 어디 광산쟁이를 사람으로 생각이나 할 줄 아시오?"
"광산쟁이들이 힘이 없어서 그렇지, 근로기준법인가 뭔가 그런 거 보면 이런 게 아니던데 말이야."
"맞아요, 아저씨. 70년에 청계천에서 분신 자살한 전태일도 근로기준법을 지키라고 외쳤잖아요."

"아이고 형님, 근로기준법이고 노동법이고 다 말짱 도루묵이요. 경찰이고 읍사무소고 다 회사하고 한통속인데, 그런 거 안다 해도 어디 가서 고발을 해요? 그래 봤자 당장 해고지요, 해고. 전태일이도 근로기준법을 알았지만 그 말을 들어줄 사람이 없어서 죽은 거 아니요. 형님, 말 마시오. 아직까지 세상의 권력이나 법이 다 허방이요, 허방. 권력 있는 놈들이 돈 있는 놈들한테나 껌딱지처럼 착 달라붙지 우리 같은 무지랭이를 누가 돌아보겠소."

"아저씨, 그게 아니지요. 전태일 사건이 일어난 게 벌써 십 년 전 일입니다. 그 때는 법을 잘 몰라서 그랬을 테지만, 지금은 법만 잘 알면 방법은 있을 겁니다."

"참 자네도 딱하네. 십 년이고 이십 년이고 간에 아직도 그 나물에 그 밥인 인간들이 세상을 쥐고 흔든다네."

부엌에서 듣고 있자니 슬그머니 부아가 났다. 춘배 아저씨는 오빠가 무슨 말만 했다 하면 어깃장을 놓는 것 같았다. 자세한 내용이야 어찌 됐건 내 귀에 또렷이 들려오는 것은 춘배 아저씨의 걸걸한 목소리도, 아빠의 자분자분한 목소리도 아니고 오직 오빠의 그 부드럽고 따뜻하고 달콤한 목소리뿐이었다.

모두 다 돌아간 뒤 나는 애써 속내를 감추며 아빠에게 물었다.

"아빠, 아까 왔던 그 젊은 사람은 누구야? 전번에 수돗가에

물 길러 가다 보니 우리 옆 동에 사는 것 같던데."

"아, 정욱이 글마? 맞아, 옆 동에 사는 고향 사람 집에서 하숙한다던데. 우리 항에서 같이 일하는 놈인데, 광산에 온 지 얼마 안 됐을 거다."

"아직 어려 보이던데 아빠하고 같이 일해?"

"글마가 올해 스물둘이라던가 셋이라던가? 처음 입사했을 때 우리 가다에서 일하다가 다른 가다로 갔는데, 이번에 다시 우리 가다로 왔다 하더라. 글마도 이번 사고 때 갑반 나왔다가 구조 작업 하면서 사람 죽어 나가는 거 보고 시껍했는 갑더라. 그놈도 아직 새파랗게 젊은 놈이 어쩌다 여기까지 흘러왔는지. 그런데 이번 사고로 죽은 병수 그 사람 참 안됐다. 장가 간 지 아직 다섯 달도 안 됐다는데. 참, 사람이 당황하면 정신이 나간다는 말이 맞지. 동발이 뚜둑 하면서 무너져 내리는 소리가 나니까 그 사람이 냅다 뛰더라고. 그런데 왜 하필 돌 떨어지는 쪽으로 뛰었는지 그 자리에서 고만……."

아빠 이야기를 들으니 남편의 주검 앞에서 울부짖던 그 젊은 아주머니의 동그란 얼굴이 아른거렸다.

"아이고, 남의 일 같지 않다. 앞길이 구만 리 같은 젊은 새댁이 청상과부가 됐으니……. 우선은 사람이 살고 봐야 하는 건데 어떻게 일을 시켜 먹어도 안전 관리는 뒷전이고, 그저 죽으면 죽고 살면 살고 탄만 캐라 그카나……. 나쁜 놈들, 요즘 연탄값이 엄청 올랐다는데도 월급은 바닥이고. 에고, 더러워서라도 얼른 이놈의 광산을 떠나야지."
 엄마도 그 때 그 젊은 아주머니가 울부짖던 모습이 생각나는지 치맛단으로 두 눈을 꼭꼭 눌렀다.

6

 교실 유리창에 봄 햇살이 해살대어 눈이 부셨다. 며칠째 꽃샘바람이 몰아쳤지만 계절은 속일 수 없는지 교실 밖 화단 꽃나무마다 꽃눈들이 푸른 순을 쏘옥 내밀었다. 점심을 먹고 나자 온몸이 나른해지면서 정욱 오빠 얼굴이 아른거렸다.
 "야 김수하, 너 또 딴생각하지? 요즘 너 도대체 왜 그래? 중간고사가 며칠이나 남았다고 그렇게 맹한 눈으로 허공만 쳐다보고 있어!"
 광토 목소리가 몽롱해져 가는 내 정신을 꼿꼿이 일으켜 세웠다. 광토는 '광개토대왕'을 줄인 말인데 국사 선생님 별명이다. 국사 선생님이 꿈 속에서도 추앙해 마지않는다는 임금님인데 이 시간만 되면 졸음 속으로 빠져드는 아이들은 그 이유를 꿈 속에서 광개토대왕을 만나기 위해서라고 둘러대곤 했다.

"선생니임, 수하가 고뿔에 걸렸대요."

은희가 애교 섞인 혀짧은 소리를 냈다.

"뭐, 고뿔?"

청춘들의 고뿔을 알 리 없는 반백의 광토가 눈을 치뜨며 되묻자 아이들이 여기저기서 킥킥거렸다.

"김수하, 너 또 딴생각하면 5센티미터다."

아이들이 웃는 소리에 기분이 상했는지 광토는 엄지와 검지를 살짝 벌려 보였다. 뒤에서 또 아이들이 킥킥댔다. 광토는 자기 수업 시간에 애들이 떠들거나 딴짓하는 것을 끔찍이도 싫어해서, 걸리면 면도칼로 엉덩이를 5센티미터 그어 버린다고 협박을 한다. 지금까지 엉덩이를 들이댄 아이는 없지만, 그래도 말만한 숙녀들 앞에서 "엉덩이 까!" 하고 소리를 지를 때면 정말 질려 버린다.

어쨌든 내가 공상에 빠지는 이유는 그만큼 생각이 많기 때문이다. 오빠를 만난 이후 계속 내 사랑을 이루어 행복하게 사는 공상을 많이 하게 된다. 그 생각들은 언제나 내 머릿속에서 그림처럼 자세히 그려졌다. 어떤 때는 오빠와 함께 살아가는 하루 일과가 펼쳐지는데, 그것은 대충 이렇다. 햇살이 밝게 내리쬐는 아침에 눈을 뜨면 오빠가 활짝 웃으며 내 이마에 입을 맞춘다. 나는 살짝 얼굴을 붉히며 일어나서 아침을 준비한다. 둘이 마주 앉아 밥을 먹고, 나는 출근하는 오빠에게 도시락을 건네며 목에 매달려 입을 맞춘다. 달콤하고 쌉쌀하다. 오빠와 함께 소풍을 가는 모습도 떠오른다. 그 배경은 초등학교 때 수학여행 갔던 잔디가 넓은 공원이 되기도 하고, 파도가 하얗게 부서지는 바닷가가 되기도 했다. 그런데 현실로 돌아오면 내 마음은 갱 속에 갇힌 것처럼 암담했다.

언제나 눈가에 탄가루로 아이라인을 그리고 있는 광부 아빠, 눈만 뜨면 홀치기 틀 앞에 앉아 있는 엄마, 다닥다닥 줄지어 서 있는 코딱지만한 사택, 그리고 내 뒤를 그림자처럼 쫓아다니는 광호 녀석까지.

집으로 돌아오는 길에 뭐가 좋은지 탄물을 쫄쫄 흘리며 헤헤거리는 아이들을 보았다. 아이들 머리 위 공중에는 석탄을 가득 실은 삭도가 줄에 매달려 오가고 있었다. 삭도는 굴에서 캐낸 석탄을 '사북역 저탄장*'으로 실어 나르는 장치다. 삭도가 떠다니는 산 밑에는 광산에서 나온 폐석더미가 또다른 산을 이루며 쌓여 있다. 산을 뚫고 들어가 태곳적 태양 광선이 굳어진 석탄더미를 헤집고 그 내장을 끄집어 내어, 또다른 검은 산을 만들며 살아가는 광부들과 그럴듯한 놀이터 하나 없이 폐석더미 위에서 헤헤거리는 저 아이들의 고단한 삶은 언제까지 이어질까?

저탄장 석탄을 저장해 두는 곳.

나는 고개를 들고 공중을 유유히 떠다니는 삭도를 올려다보았다. 삭도는 마치 흐르는 물처럼 천천히 산을 넘나들었다. 나는 문득 석탄을 싣고 가는 삭도와 빈 채로 돌아오는 삭도에 눈길이 갔다. 바로 옆을 지나면서도 서로 오고 가는 길이 엇갈려 만날 수 없는 삭도!

'오빠와 나도 서로 엇갈린 길을 가고 있는 거야!'

나는 괜한 안타까움에 두 눈을 꼭 감았다.

집 앞에 도착하니 수한이와 또래 남자애들이 연탄 창고 옆에 쪼그리고 앉아서 킥킥대고 있었다.

"야, 너희들 뭐 하고 있어?"

"어, 누나……."

녀석들은 어디서 구했는지 『선데이 서울』을 펼쳐 놓고 보고 있었다. 잡지의 접혀 있는 부분을 쫙 펴자 비키니 수영복을 입은 여자의 전신 사진이 나왔다.

"쪼끄만 녀석들이……. 이리 내놔."

나는 책을 뺏어서 방으로 들어왔다. 그리고 샅샅이 읽기 시작했다. 내가 잘하는 일은 시도 때도 없이 공상하는 것과 무엇이든 읽어 대는 것이다. 요즘은 엄마 몰래 무협지를 숨겨 놓고 읽고 있다. 마땅한 읽을거리가 없기 때문이기도 하지만, 순전히 춘배 아저씨 때문이기도 하다. 춘배 아저씨는 언제나 한쪽 겨드랑이 밑에 베개를 받치고 옆으로 비스듬히 누워서 무협지를 읽었다. 아저씨는 무협지를 읽으면서 혼자 씩 웃기도 하고 인상을 찌푸리기도 하다가 어떤 때는 소리 내어 하하하 웃기도 했다. 무협지는 거의가 열 권 스무 권씩 엮여 있어서, 아저씨가 사북시장에 내려가 책을 빌려 올 때는 그야말로 한 짐이었다.

"춘배 아재는 그놈의 책 때문에 꼬라지가 안 돼. 맨날 그놈의 책만 붙들고 있다가 한 달에 몇 공수도 못 하니 어떻게 식구들한테 돈을 부치나."

엄마 말처럼 정말 춘배 아저씨는 무협지에 빠져 있을 때면 꼼짝도 하지 않았다. 그러고는 돈이 없으니 비굴하고 옹색한 모습으로 사람들한테 담배를 동냥해서 피운다. 어떤 때는 담배 꽁초를 주워서 슬그머니 주머니에 넣어 가기도 했다. 엄마는 내가 춘배 아저씨 집에 가서 무협지를 가져오면 당장 갖다주라고 야단을 쳤다. 얄궂은 책 때문에 딸이 춘배 아저씨처럼 될까 봐 걱정하는 것이다.

춘배 아저씨와 나는 죽이 잘 맞았다. 아저씨가 새 책을 빌려 오면 나는 아빠 담뱃갑에서 담배 한두 개비를 슬쩍해서 춘배 아저씨에게 갖다 주고 책을 빌려 왔다. 가져온 책은 이불 밑에 감춰 놓고 엄마 눈을 피해 읽었다. 그러다가 몇 번 들통이 나서 책은 책대로 집 밖에 패대기쳐지고, 나는 나대로 얻어맞은 적도 있다. 그러나 무협지에 나오는 이야기는 나에게 그야말로 환상의 세계였다. 무림 고수의 장풍에 온 산천초목이 흔들리고, 축지법으로 한 걸음에 산을 넘는다는 그 멋진 무협의 세계!

나는 아이들에게서 빼앗은 잡지를 넘기다가 눈이 번쩍 뜨이는 대목을 발견했다.

"여자 무술 고단자 하늘을 날다."

『영웅문』에 나오는 여자 영웅처럼 머리를 위로 치켜 묶고 한 손을 기역자로 꺾어 올려서 폼을 잡고 찍은 흑백사진도 나와 있었다.

'바로 이거야! 됐다.'

나는 밤늦도록 편지를 쓰고 또 썼다.

선생님, 안녕하세요?

저는 강원도 사북이라는 광산촌에 살고 있는 꿈 많은 16살 소녀입니다.

선생님은 저를 잘 모르시겠지만, 저는 선생님이 나온 책을 읽고 선생님을 알게 되었습니다.

선생님, 저를 선생님 제자로 받아 주십시오. 저도 무술을 배워서 고수가 되고 싶습니다. 선생님이 시키시는 일이라면 무엇이든 다 하겠습니다. 저는 이 편지를 부친 뒤에 이 곳 생활을 정리하려고 합니다. 마음을 굳게 먹고 어떤 고통과 어려움이 닥쳐도 꼭 이겨 내겠습니다.

선생님, 다시 한 번 간절히 부탁드립니다. 저를 선생님 제자로 받아 주십시오.

그럼 건강하시고, 안녕히 계세요. 꼭 답장해 주세요.

1980년 4월 9일

사북에서 김수하 올림

편지지 위로 눈물이 후드득 떨어졌다.

'과연 내가 잘할 수 있을까? 식구들이 보고 싶으면 어떡하지? 엄마, 아빠, 수한이 그리고 오빠!'

나는 괜히 서러워져서 이불을 뒤집어쓰고 울었다. 무협지에 나오는 주인공이 무림의 고수가 될 때까지의 온갖 고난을 담은 장면들이 영화 필름처럼 머릿속을 스쳐 지나갔다. 마음을 가라앉혀 눈물을 훔치고 다시 들여다봐도 사진 속에서 멋진 폼을 잡고 있는 이 여자 고수가 나를 부르는 것만 같았다.

'그래, 기회는 언제나 찾아오는 게 아니야. 난 이 기회를 놓치면 안 돼!'

어금니를 깨물며 다시 마음을 추스르고 다짐에 다짐을 했다.

다음날, 나는 정성을 다해 쓴 편지를 학교 가는 길에 우체통에 넣었다. 가슴속에서 뭔가가 치미는 것 같아 속이 울렁거리기도 했지만 드디어 이제 멋진 세계를 향해 한 발을 내밀었다는 자부심에 뿌듯하기도 했다. 이제 곧 답장이 올 테고, 그러면 난 쥐도 새도 모르게 사북 땅을 떠난다. 나는 무술의 달인이 되어 오빠 앞에 나타난다. 오빠에게 내 마음을 고백하고 청혼을 한다. 아니지. 그 때는 오빠가 내 뒤를 졸졸 따라다니겠지. 아무튼 우리는 결혼을 한다. 내가 성공한 이상 오빠가 광부라도 상관 없다. 나는 오빠를 광산에서 구해 낼 테니까. 엄마, 아빠, 수한이도 이런 내 꿈을 이해해 줄 거다. 아니, 엄마는 평소 소원대로 엄마 딸이 사북을 떠나게 된 것에 박수를 보낼지도 모른다.

이렇게 생각이 꼬리를 물고 이어지면서 내 마음은 어느새 두둥실 떠올랐다. 금세 무림의 고수가 되어 하늘을 훨훨 날 것만 같았다. 탄가루가 날리는 시장통을 걸을 때도 내 마음은 가벼웠다. 그러나 막상 학교를 그만둔다고 생각하니 아쉬웠다. 이제 1년만 있으면 고등학생이 될 텐데…….

답장이 올 날짜가 다가오자 조바심이 났다. 엄마보고 나한테 오는 편지는 절대 뜯어 보지 말라고 신신당부를 했지만, 아무래도 엄마가 못미더워서 제발 내가 집에 있을 때 집배원 아저씨가 오기를 간절히 바랐다.

"엄마, 혹시 편지 안 왔어?"

"집에 오자마자 편지는 뭔 편지?"

'내일은 꼭 답장이 오겠지.'

나는 답장을 받는 즉시 집을 떠날 생각이어서 여러 가지 필요한 물건들을 챙겼다. 그래 봐야 고작 옷가지 몇 벌과 일기장 한 권이 다였지만, 막상 그런 것들을 책가방에 차곡차곡 챙겨 넣고 자리에 누우니 집을 떠난다는 생각에 눈물이 쪼로록 흘렀다. 그러나 이대로 광산에서 내 인생을 종 칠 수는 없는 일,

난 절대로 평범하게 살지는 않을 거라고, 반드시 대단한 인물이 되어서 돌아올 거라고 입술을 깨물며 다시금 마음을 다졌다.

　엄마 아빠, 저를 찾지 마세요. 꼭 성공해서 돌아오겠습니다. 그리고 수한아, 누나가 그 동안 잘 못해 줘서 미안하다. 자랑스러운 누나가 되어 돌아오겠다.

　쪽지를 쓰는데 손이 떨리고 목이 메었다.
　"수하야, 불 끄고 자라."
　엄마는 내 속도 모르면서 방문 틈으로 새어나가는 불빛을 보고 소리를 버럭 질렀다.
　이튿날, 나는 학교를 마치고 교문에서 기다리고 있는 광호를 데리고 시장통 분식집으로 들어갔다. 이제 곧 이 바닥을 떠나는 마당에 광호를 위로해 주고 싶었다.
　"손광호, 너 뭐 먹을래? 오늘 내가 사 줄게."
　광호는 고개를 갸웃거리며 말을 더듬었다.
　"응, 떠, 떡볶이하고 오뎅."
　'야 인마, 네가 변함없이 내 꽁무니를 쫓아다닌 거에 보답하는 거야.'
　내 마음을 알 리 없는 광호는 몹시 어색한 표정으로 더듬거렸다. 나도 막상 광호와 마주 보고 앉으니 쑥스러웠다. 둘 다 서로의 눈을 제대로 바라보지 못하고 우물쭈물했다.
 "수하야, 애들도 다 알아. 너랑 나랑 사귀는 거."
 광호가 주위를 한 번 살피더니 작은 목소리로 말했다.
 "알았어. 어서 떡볶이나 먹어."
 광호 얼굴이 시뻘게지면서 이마에 돋은 여드름이 더 발긋거렸다.
 나는 내가 베풀 수 있는 모든 것을 다 주고 떠나야 한다는 생각에 광호의 엉뚱한 말에도 그냥 웃어 주었다. 내가 떠나고 나서도 광호에게는 좋은 아이로 기억되고 싶었다.
 "광호야, 넌 커서 뭐가 될 거니?"
 "나, 사끼야마*!"
 "그래, 꼭 사끼야마가 돼라. 쪼다같이……. 야, 광산이 지겹지도 않냐? 너네 할아버지도……."
 나도 모르게 큰 소리가 나왔다. 광호가 당황한 눈빛으로 나를 바라보았다. 나는 속으로 아차 싶었다.
 '하긴, 사끼야마 한 명에 번쩍거리는 구두가 다섯 켤레라는데…….'
 이 말은 사끼야마 한 명이 캐내는 석탄으로 다섯 명이 먹고 살 수 있다는 뜻에서 나온 것이다. 나는 얼른 눈웃음을 보내며 광호를 안심시켰다. 내가 웃는 것을 보고 광호도 긴장을 풀었

사끼야마 '선산부'를 이르는 일본말.

는지 예의 그 황소 눈으로 나를 바라보았다.
 정말 광호를 보면 한심하다. 광호네는 할아버지도 머리가 허옇도록 광산에서 일하다가 죽고, 아빠도 젊은 시절부터 광산쟁이로 나섰다. 집안이 아주 대를 이어서 광산에 몸 바쳐 충성할 작정인가 보다.
 "야 손광호, 너 사귀는 게 뭔지 아니?"
 "어, 그거……."
 나는 처음으로 광호하고 나란히 서서 지장산을 오르며 물었다. 광호는 귓불이 빨개진 채 땅바닥만 내려다보며 걸었다. 그때 갑자기 내 마음속에 이상한 생각이 떠올랐다.
 "야, 따라와 봐."
 나는 광호 손을 잡아끌고 나뭇가지를 헤치며 길가의 숲으로 들어갔다. 넘어가는 저녁 햇살에 나뭇가지가 붉게 보였다.
 "앉아 봐."
 광호는 눈이 둥그레져서 엉거주춤했다.
 "앉아 보라니까."
 "……."
 "눈 감아 봐. 꼭 감아야 돼."
 광호가 눈을 꾹 감았다. 나는 뭉툭하게 튀어나온 광호의 입술을 내려다보았다. 광호가 입술을 이 사이로 밀어넣으며 오물거렸다. 갑자기 오빠의 환한 웃음이 떠올랐다. 가슴에서 둥둥 북 소리가 울리면서 숨이 가빠졌다. 나는 얼른 내 입술을 광호의 입술에 갖다 대었다.
'아, 오빠!'
나는 두 눈을 꼭 감고 속으로 오빠를 불렀다. 가슴 한복판이 짜릿해지면서 가벼운 경련이 일었다. 눈을 뜨고 입술을 떼자 광호가 눈을 크게 한 번 치켜뜨더니 다시 두 눈을 꾹 감고 얼굴이 빨개져서 고개를 숙였다.
'광호야, 미안해. 난 너한테 입맞춤을 한 게 아니야.'
나는 벌떡 일어나서 뛰었다. 내 딴에는 그 동안 애면글면 내 꽁무니를 따라다닌 광호의 정성에 보답하는 뜻으로 좋은 추억 하나 만들어 주고 떠나려는 거였는데, 오히려 내 엉큼한 속셈이 광호를 속인 꼴이 되었다. 눈물이 찔끔 났다.
'광호야, 미안해.'
광호는 내 뒤를 말없이 따라 걸었다. 나는 끝내 광호에게 인사도 못 하고 집으로 왔다.
"엄마, 편지 왔어?"
"이것 말이냐?"
엄마가 봉투를 건네주었다. 봉투를 받아든 순간, 조금 전까지 광호한테 느꼈던 죄책감은 금세 사라지고 가슴이 팔딱거렸다. 나는 방에 들어와서 문을 꼭 닫았다.
"어?"
내가 정성을 다해 꼭꼭 눌러 주소를 쓴 봉투였다. 봉투 중간에 '수취인 불명'이라는 붉은 도장이 찍혀 있었다. 봉투를 이리저리 돌려가며 몇 번이나 들여다봤지만 분명히 내가 보낸 편지 그대로였다. 편지 봉투 위쪽에 '집배원 아저씨 고맙습니다' 하고 공손하게 쓴 글씨까지도······.

'사기다!'

허탈했다. 부질없는 희망에 몇날 며칠 잠을 설치고 눈물을 흘려가며 고민한 것이 분했다. 게다가 오늘 광호에게 엉뚱한 짓을 한 게 너무나 창피했다.

'이제 내일부터 광호를 어떻게 대하나?'

나는 『선데이 서울』을 박박 찢어 공동변소에 처넣으며 울고 또 울었다.

7

 얼마 전, 미영 언니가 미니스커트에 뾰족구두를 신고 사북에 나타났다. 언니는 서울 가서 가방 공장에 다녔다고 한다. 빡빡 깎였다던 머리도 보기 싫지 않을 만큼 자라 있었다.
 "지금까지는 시다바리였지만 이제 곧 미싱사가 될 거야."
 미영 언니는 사택 옆 돌무더기에 앉아 담배를 피우며 말했다. 언니는 몇 달 사이에 많이 변해 있었다. 오늘은 금방 속살이 비어져 나올 것처럼 꼭 끼는 청바지에 큼직한 귀걸이를 달고 있었다. 그리고 아저씨들이나 피우는 담배를 입에 물고……. 나는 그런 언니가 무척 낯설게 느껴졌지만, 한편으로는 멋져 보이기도 했다.
 "야, 서울은 공순이들이 우글거리는 세상이야. 공순이가 뭔지 아니? 공장에 다니는 여자애들을 말해. 공돌이는 남자애들이고. 공순이들은 정말 불쌍해. 새벽부터 오밤중까지 철야를 밥먹듯이 하면서 일하거든. 우리 미싱사 언니는 철야할 때 졸다가 미싱 바늘이 엄지손톱에 박혔어. 그래도 눈도 깜빡 안 한다. 바늘 빼고 반창고 붙이고는 그대로 일해. 한마디로 독종들이지, 독종."

언니는 다리를 꼬고 앉아서 담배 연기를 허공으로 후후 불며 실감나게 서울 이야기를 했다.

"수하야, 공부가 재밌니?"

"그저 그렇지 뭐."

"야, 난 공부하는 게 따분해서 때려치웠는데, 서울 가서 공장에 다녀 보니 후회되더라. 그래도 학교 다닐 때가 제일 좋은 거 같아……."

언니는 담배 연기를 훅 뿜어 내고 윗니로 아랫입술을 지그시 깨물었다. 언니의 쓸쓸한 얼굴을 보니 '수취인 불명'으로 되돌아온 편지가 한편으로 고맙다는 생각이 들었다.

"언니, 이제 서울 가지 마라."

"나도 가고 싶지 않아. 우리 엄마 아빠 눈치 좀 보고 버틸 수 있으면……."

나는 어쨌든 미영 언니가 돌아와서 기뻤다. 내가 할 수 없는 일들을 언니는 다 하고 사는 것 같아서 언니를 보기만 해도 숨통이 트이는 기분이었다. 나는 언니에게 서울 가기 전의 사연을 물어 보고 싶어서 입이 근질거렸지만, 몇 달 만에 처음 만나 그런 것부터 묻기가 민망해서 꾹 참았다.

미영 언니와 헤어져 집에 돌아오니 수한이가 엄마한테 매타작을 당하고 있었다.

"내가 너 때문에 못 산다, 못 살아. 아유, 이놈의 새끼!"

엄마는 화를 이기지 못해 파리채를 거꾸로 잡은 손을 벌벌 떨며 악을 썼다.

"엄마, 내가 돈 벌면 되잖아. 사끼야마 돼서 돈 벌어 갚으면 되잖아."

"이놈의 자슥이 지금 무슨 소리를 하나? 뭐? 사끼야마가 돼? 이놈아, 겨우 사끼야마가 되라고 에미 애비가 이 고생을 하면서 쌔빠지게 공부시키는 줄 아나?"

엄마는 이를 악물고 달려들어 수한이를 팼다. 수한이는 엄마 몰래 외상 장부를 가져가서 아이들하고 과자를 사 먹곤 했는데, 그게 들통난 모양이었다.

외상 장부는 사택 뒤에 있는 구멍가게 거래 장부다. 이 곳 사택 사람들은 거의가 다 손바닥만한 외상 장부를 가지고 가서 술이나 담배, 반찬거리, 아이들 과자 같은 것을 사고 장부에 적어 온다. 그러고는 월급이 나오면 한 달에 한 번 외상값을 갚는다. 광산촌에서는 처음 입사하면 두 달이 지나야 첫 월급을 받는다. 그 동안 쌀과 연탄은 회사에서 배급으로 주고 월급에서 제하지만 일상 용품은 이렇게 가게에서 외상을 하게 되는데, 그게 이렇게 계속 이어지는 것이다.

 엄마는 수한이가 엄마 허락도 없이 외상 장부를 가지고 간 것보다 광부가 된다고 한 말에 더 화가 난 게 틀림없다. 엄마가 김 한 장을 아껴 가면서까지 구두쇠 노릇을 하는 건 어떻게 해서든 나와 수한이만큼은 광산촌에서 내보내야 한다는 결심 때문인데, 수한이가 그런 엄마 마음도 모르고 철없는 소리를 한 거다. 게다가 수한이는 엄마가 첫딸인 나를 낳고 3년 만에 얼마나 공들여 얻은 아들인데.

 "엄마, 그만 해요. 수한아, 너도 다시는 그러지 마."

 나는 엄마 손을 붙잡고 파리채를 뺏어 던졌다.

 "야, 잠도 못 자게 왜 지랄들이야!"

 옆집에서 벽을 탕탕 치며 고함을 질렀다. 옆집 김씨 아저씨가 병반이어서 자고 있을 시간이었다. 엄마는 그제야 무춤해서 물러앉았다. 엄마는 김씨 아저씨한테 상소리를 들어서 분했을 텐데도 억지로 참는 눈치였다. 괜히 밤에 일 나갈 사람 건드려 봤자 오히려 봉변을 당할 게 뻔하다. 이 동네에는 법이 없다. 남의 부인네를 보고 욕을 해도 문제가 되지 않는다. 광산쟁이들이 탄 캐러 가는 데 방해가 되면 그게 나쁜 년이고 나쁜 놈이다.

 "이놈의 새끼, 한 번만 더 그런 짓을 했단 봐라. 그 땐 니 죽고 나 죽자. 뭐, 사끼야마가 돼?"

 엄마는 목소리를 낮추고 다시 한 번 을러대면서 설움에 겨워 눈가를 문질렀다.

　엄마는 정말 한 푼이라도 더 모으려고 무진 애를 썼다. 엄마가 돈을 모으는 방법은 주로 계를 하는 것이다. 쌀계, 반지계, 상포계, 돈계 등 동네 아주머니들이 하는 웬만한 계는 다 하고 있다. 쌀계는 한 달에 한 번 쌀 배급이 나오면 계원끼리 쌀을 모아서 각자가 종이에 쌀 되를 적어 내는 것이다. 그 중에서 쌀 되를 가장 많이 써낸 사람이 그 달 쌀을 타 가는데, 자기가 종이에 써낸 쌀 되만큼은 다시 퍼서 내놓아야 한다. 그러면 계원들이 그 쌀을 나누어 가졌다. 반지계도 여러 사람이 어울려 돈을 모은 뒤 심지 뽑기를 해서 그 달에 걸린 사람에게 금반지를 해 주는 계다. 그 밖에 다른 계들도 다 오야*가 한 명 있고 열이면 열, 스물이면 스무 명의 계원들이 모여서 했다.

　엄마뿐 아니라 광산촌에 사는 사람들은 한꺼번에 목돈을 만질 수 없기 때문에 계를 부어서 돈을 불려 갔다. 그리고 계원들끼리 한 번씩 놀러도 가고 사북시장에 내려가 외식도 했다. 사택 아주머니들은 월급이 나온 뒤 곗날이 되면 어울리지도 않는 립스틱을 시뻘겋게 바르고 무리를 지어 뻔질나게 사북시장을 오르내렸다.

　서울로 가서 재봉사가 된다던 미영 언니는 그대로 집에 눌러앉았다. 나는 미영 언니가 서울에 가지 않아서 좋았다. 언니

오야 책임자.

는 동에 번쩍 서에 번쩍 했다. 학교에 갔다 오면서 보면 사북시장통에 있는 중국집 자전거 짐받이에 철가방을 얹고서 배달을 가기도 했고, 또 어떤 날은 시장통 미장원에 주인처럼 앉아서 손톱에 빨간 매니큐어를 바르고 손톱을 호호 불기도 했다.

"수하 너 힘들겠다. 나이 차이가 너무 나잖아. 하긴 그래도 좋은 걸 어떡하겠니? 내가 그 맘 알아. 잘 찾아보면 네 마음을 전할 좋은 방법이 있을 거야."

역시 미영 언니는 달랐다. 고기도 먹어 본 놈이 맛을 안다고, 짝사랑의 아픔을 경험한 언니가 단순 무지한 내 짝사랑의 아픔을 진지하게 들어주고 진심으로 나를 위로해 주었다.

"수하야, 이 언니가 경험자잖아. 너도 소문 들었겠지만, 내가 우리 옆집 영민이 아빠를 짝사랑했거든. 아, 그 땐 정말 힘들었어. 그냥 무조건 좋은 거야, 그 아저씨의 모든 게. 지금 생각해 보면 그 땐 꿈 속을 헤맸던 것 같아."

"짝사랑인데 왜 소문이 퍼졌어?"

"짝사랑? 수하야, 큐피트는 왜 하필 뾰족한 화살을 쏘았을까? 잔인하게 말이야. 다른 방법도 있는데. 뭐, 향기 나는 꽃송이를 던진다든가 포근한 깃털을 날린다든가. 그래야 짝사랑을 해도 포근하고 향긋할 텐데, 화살을 쏘았으니 그거 사람 죽이는 거잖아. 화살 맞고 제정신으로 살 사람이 어디 있냐. 죽기 아니면 까무러치지. 나도 그 때 죽을 것 같더라고. 그래서 영민이 엄마가 친정 가고 없을 때 아저씨 방에 들어갔거든. 그런데 영민이 엄마가 그 사실을 알고 야단이 났던 거지. 우리 엄마가 나를 방에 가두더니 머리를 빡빡 밀고 패는데, 정말 개 패듯이 패더라. 그러고도 모자라서 동네 창피해 못 산다고 친척 아줌마 집에 보냈는데, 거기가 바로 공장이었어. 이제 영민이네가 다른 데로 이사 가서 눈에 안 보이니까 생각도 안 나."

"그런데 왜 나는 오빠를 안 봐도 자꾸 생각이 나지?"

"어쩔 수 없는 열병이니까. 하지만 기다리고 있으면 시간이 다 해결해 줄 거야."

미영 언니에게 이야기하고 나니 속이 후련했다. 이래서 사람은 서로 마음을 터놓을 수 있는 친구가 필요한가 보다.

집에 와 보니 갑반을 갔다 온 아저씨들이 우리 집에 모여서 왁자지껄 욕을 하며 떠들어 대고 있었다.

"개새끼들, 자기네끼리 다 해 처먹으라고 그래."

"이번에도 기생 관광 시켜 줬다더라. 별수없지. 선거날까지 대의원들을 끌고 다니다가 투표장 코앞에 내려놓고 찍으라 그러는데 안 찍을 놈이 있겠나!"

"그기 다 우리 월급에서 떼 가는 노조비를 지부장이 지 맘대로 쓰는 거라고. 나쁜 놈!"

"광업소에서 노조 지부장한테 자재 납품권이랑 덕대* 하청권을 다 줬다며?"

덕대 남의 광산 일부에 대한 채굴권을 맡아 경영하는 사람.

"그러니까 노조가 회사하고 짝짜꿍이 된 거지, 죽일 놈들!"

어떤 아저씨는 방바닥을 주먹으로 내리치며 분개했고, 어떤 아저씨는 풀무처럼 숨을 쉭쉭 내쉬며 계속 막걸리를 들이켰다.

요즘은 우물 방송에서도 온통 노조 지부장 선거 이야기뿐이다. 하지만 나는 누가 노조 지부장이 되건 상관 없다. 노조 지부장이 바뀌어도 우리 아빠는 계속 광부로 살아갈 테고, 내가 광부의 딸이라는 사실은 변하지 않을 테니까.

그런데 다음날 춘배 아저씨와 함께 우리 집에 놀러 온 정욱 오빠 때문에 나는 노조 지부장 문제와 상관이 있게 되었다.

"어이, 정욱이 자네 그렇게 생각 안 하나? 그 노조 지부장이라는 인간이 나쁜 놈이란 말이야."

오빠 옆에 앉은 춘배 아저씨가 오빠 무릎을 손바닥으로 탁 치며 입에 침을 튀겼다.

"그럼요. 근로자들을 생각하지 않는 노조 지부장은 안 되죠."

'아, 오빠!'

오빠의 목소리는 한밤에 흘러나오는 라디오 프로그램 진행자의 목소리처럼 감미로웠다. 아, 까마귀 노는 곳에 백로야 가지 말랬다고, 저 시커먼 춘배 아저씨 옆에 앉아 있기도 아까울 만큼 백로같이 고상한 정욱 오빠!

"자네는 그래도 고등학교까지 나왔으니까 뭔 말인지 알아듣겠지? 저놈들이 우리같이 배운 것 없는 노무자들을 착취하고 있다 이 말이여, 나쁜 자슥들이!"
 춘배 아저씨는 벌써 어디서 술을 마셨는지 혀 꼬부라진 소리로 열을 올렸다.
 "한 번은 분명히 지랄이 날 거여. 지렁이도 밟으면 꿈틀한다고, 그 뭐시냐, 호메닌가 호민가 그……."
 "아, 예. 호메이니 말씀이시죠?"
 "그래, 그 호메닌가 뭔가가 기름을 팔지 않겠다나 어쨌다나. 그래서 전세계 기름값이 금값이 되고 탄값도 자꾸 올라간다는데, 탄값이 올라가면 뭐 하냔 말이여. 굴 속에서 쎄빠지게 탄캐 봐야 언 놈들 좋은 일이나 시키고……."
 "예, 지금 석유 파동으로 야단들인 것 같은데……."
 "검수제만 해도 그래. 분명히 연탄을 한 광차 캤으면 한 개로 쳐야지, 왜 지들 마음대로 채탄량을 깎아 내리냐 이 말이여. 쎄빠지게 탄을 캐도 검수하는 놈들이 다 깎아서 채탄량을 엉터리로 매기니까 월급이 올라 봤자 그게 그거지. 어이 정욱이, 어디 내 말이 틀렸는가? 그놈들은 남이 일한 걸 중간에서 가로채는 날강도 같은 놈들이여."
 "저도 검수제는 이해가 안 돼요. 탄을 캐서 실어나르다 보면 광차가 흔들려서 탄이 줄어드는 건데, 그걸 월급에서 제하면 안 되잖아요."
 "그러니 웃긴다는 거여. 그렇다고 목구멍에 넘어가는 양식이라도 제대로 된 걸 주나? 어디 그게 쌀인가? 파리가 빨아먹다 만 것 같은 그런 지저분한 쌀을 어디서 끌어다 배급이랍시고 주는지. 그것도 쌀값은 더럽게 비싸게 받고, 공판장에서 파는 소주 한 병도 다른 데보다 꼭 두 배는 더 비싸게 받는다니까……. 에잇, 더러운 놈들!"

"그러고 보니 정말 불공평한 게 한두 가지가 아니네요."

정욱 오빠가 고개를 끄덕이며 춘배 아저씨의 말을 받았다.

"춘배 이 사람, 누가 듣겠네. 목소리 좀 낮추게."

아빠가 춘배 아저씨를 보고 말했다.

"들으려면 다 들으라지요. 내가 어디 없는 말 했소."

"이 사람아, 입조심하게. 안 그래도 요즘 회사에서 눈에 불을 켜고 감시를 하고 다닌다던데. 입 한 번 잘못 열면 그 날로 해고야!"

"아니, 왜 형님까지 겁을 주고 그러쇼? 내 말이 어디 틀렸소?"

춘배 아저씨가 얼굴이 벌개져서 벌컥 화를 냈다.

"틀렸다는 게 아니고, 입조심을 하자는 거라. 괜히 걸려들면 그나마 밥벌이도 못 하고 쫓겨날 판이잖나."

아빠가 나지막한 목소리로 춘배 아저씨를 타일렀지만 아저씨는 소리를 버럭버럭 질러댔다.

"쫓아내려면 쫓아내라고 하소. 이 장춘배, 눈도 깜짝 안 하요. 내일 당장 삼수갑산을 가는 한이 있어도 형님도 할 말은 좀 하고 사소. 남자로 태어나서 말이여……."

"예끼, 이 사람아. 자네 취했다. 그만 가서 자라."

아빠가 낯빛이 변해서 춘배 아저씨에게 소리를 질렀다.

"그래요, 아저씨. 그만 일어나시죠."

정욱 오빠가 춘배 아저씨를 일으켰다.

"알겠습니다, 형님. 어쨌든 이번에 노조 지부장은 바꿔야 한다 이 말입니다, 내 말은……. 정욱이 자네 알겠나?"

춘배 아저씨가 정욱 오빠의 어깨를 툭 치며 게슴츠레한 눈을 치떴다.

"예, 바꿔야지요."

정욱 오빠가 춘배 아저씨를 부축해서 일어나며 웃었다. 나는 얼른 부엌으로 돌아나와 다소곳한 모습으로 현관문을 열어 주며 오빠의 관심이 나에게 쏠리기를 은근히 바랐다.

"수하라고 했지?"

오, 신이시여! 지금 이 순간 오빠 눈에 이 김수하의 모습이 클레오파트라, 아니, 무림 제일 미녀 나예린으로 보이게 해 주소서.

"수하야, 잘 있어. 아저씨, 안녕히 계세요."

오빠가 춘배 아저씨를 부축하고 나가자 나도 모르게 몇 걸음 따라 걸었다. 오빠가 뒤돌아보며 웃어 주었다. 나는 부끄러워서 얼른 돌아섰다. 오빠가 내 이름을 불러 준 게 기뻐서 어찌할 바를 몰랐다.

방에 들어오니 옆방에서 홀치기를 하던 엄마가 볼이 잔뜩 부어서 새된 소리로 말하고 있었다.

"당신은 제발 가만히 있으소이. 안 그래도 노조 지부장 선거 때문에 사람들 말이 많아서 불안해 죽겠는데."

"알았으니까 책이나 내놔."

"싫소. 당신 요즘 또 그 책 자꾸 들여다보면서 헛소리를 하잖아. 하절령 살 때도 다리 다치고 나서 그놈의 책을 들여다보고 근로기준법이 어떠니 노동자가 어떠니 하면서 금방 보상이라도 받아낼 것처럼 야단이더니 보상은커녕……. 그리고 당신 요즘 선거운동인지 뭔지 하는 사람들하고 어울려 다니는 거 내가 모를 줄 알고."

"알긴 뭘 알아? 쓸데없는 소리 집어치우고 얼른 책 내놔. 굴에서 돌 맞아 죽을 뻔하고도 찍소리 못 하는 인생인데 뭘 좀 알아 둬야 억울하게 죽지 않지."

"그 책 들여다본다고 굴에서 떨어질 돌이 안 떨어진답디까?"

"이 사람아, 안 떨어지는 게 아니라 안 떨어지도록 단도리를 하고 탄을 캐는 방법이 있나 보려고 그러지. 사람 참 답답하긴."

"단도리는 사끼야마가 하는 거지 그놈의 책이 무슨……."

"아이, 시끄럽다. 얼른 내놔라!"

아빠가 소리를 빽 질렀다.

"왜들 그래요?"

나도 짜증이 나서 소리를 질렀다.

"뭐긴 뭐야, 이놈의 책 때문에 저 야단이지."

엄마가 이불장 속에서 책 한 권을 꺼내 방바닥에 탁 던졌다. 나는 냉큼 책을 집어 들었다.

"근로기준법? 이거 원래부터 우리 집에 있던 거잖아요."

"그래, 너 아바이가 무단히 있는 저놈의 책을 한 번씩 들여다보면 헤까닥한다, 헤까닥해. 내가 진작 똥통에 처넣어 버렸어야 하는 건데."

엄마가 단단히 마음을 먹은 듯 아빠를 노려보았다.

"이 여편네가, 책이 뭔 죄가 있다고?"

아빠가 책을 주워들고 밖으로 나갔다.

"수하야, 너 아바이 좀 말려 봐라. 아휴, 요즘 또 저놈의 책을 보면서 회사가 어떻고 노동자가 어떻고 해대는데. 자기가 뭔 힘이 있다고……."

엄마가 눈을 흘기며 긴 한숨을 내쉬었지만 나는 솔직히 아빠 편이다. 아직까지는 뭐가 뭔지 잘 모르겠지만, 무슨 일이든 신중하게 생각하는 아빠가 저러는 데에는 다 그만한 이유가 있을 거다. 그리고 지난번에 정욱 오빠가 근로기준법인가 뭔가를 이야기했고, 또 이대로는 안 된다고 했지 않은가?

일요일 아침부터 동네 방송이 시끄럽게 울려 퍼졌다.

"아, 알려드립니다. 지금부터 도로를 보수하겠습니다. 집집마다 한 사람씩 나와서 보수 공사에 참여해 주십시오. 나오지 않은 가구에는 벌금을 물릴 테니 한 가구도 빠지지 말고 모두 나와 주시기 바랍니다. 아, 아, 다시 한 번……."

사북읍에서 내가 사는 지장산 사택이 있는 동네로 올라오는 길은 산 중턱을 터서 길을 만들어 놓았는데, 겨울에 산에서 내려온 물이 얼었다가 봄이 되면 녹으면서 땅이 갈라지고 돌이 튀어나오기 때문에 해마다 이맘때면 손을 봐야 했다.

"수하야, 니가 나가서 설렁설렁 좀 거들어라. 너 아바이는 좀 자게 놔 두고, 나는 이거 하던 것 마저 해야 한다. 그러니 니가 갔다 와라. 사람이 많아서 할 일도 별로 없을 거다. 그저 돌멩이나 옆으로 슬슬 밀어 치우면 될 거다."

엄마는 나보고 동네 부역에 나가라고 했다.

"싫어. 공부하라고 그렇게 몰아칠 땐 언제고. 나 숙제해야 한단 말이야."

"자빠져 놀면서 공부는 뭔 공부고. 빨리 갔다 와!"

엄마가 도끼눈을 뜨며 소리를 질렀다.

"아유, 알았어."

나는 투덜거리며 호미를 들고 나섰다. 다른 집에서도 아이들이 많이 나왔다. 초등학생 아이들도 눈에 띄었다. 아이들은 어른들 뒤를 따라다니며 잔돌을 골라 길가로 던지며 장난질을 쳤다.

"수하야."

"어, 미영 언니!"

아이들 틈에서 한참 돌을 고르는데 미영 언니가 터덜터덜 걸어왔다. 청바지 앞주머니에 손을 찌르고 건들거리며 걸어오는 모습이 일하러 나온 것 같지는 않았다.

"언니는 아무것도 안 가지고 나왔어?"

"야, 대충 해. 나중에 끝나고 동 호수만 적으면 되는데 뭐."

언니는 사람들 눈치를 살피며 발로 돌을 슬슬 굴렸다.

"수하야, 저기 정욱 오빠도 나왔다!"

언니가 내 어깨를 치며 가리킨 곳을 보니 정욱 오빠가 삽질을 하고 있었다. 갑자기 호흡이 빨라지면서 심장이 격렬하게 뛰었다.

"내가 가서 말 좀 붙여 볼까?"

"싫어. 언니, 가지 마!"

동네 사람들이 이렇게 많은데, 자칫하다간 또 이상한 소문이 돌지도 모를 일이다.

"뭐 어때! 넌 그냥 모른 척하고 있어."

미영 언니는 말이 끝나자마자 오빠 옆으로 가더니 바짝 붙어 서서 웃으며 뭐라고 이야기를 했다. 오빠도 가끔씩 삽질을 멈추고 언니를 보고 웃어 주었다. 미영 언니가 가까이 오라고 손짓으로 신호를 했다. 하지만 나는 대충 아무거나 걸치고 나온 초라한 내 모습을 오빠에게 보이고 싶지 않았다. 게다가 오빠 옆에 가면 격렬하게 뛰는 내 심장이 더 요동을 칠 것 같아서 못 본 체 돌만 치웠다.
 '나도 미영 언니처럼 저렇게 아무렇지도 않게 오빠 옆으로 갈 수 있다면 얼마나 좋을까?'
 부러운 마음에 자꾸만 그쪽으로 눈길이 갔다.
 "저 가시나 봐라. 저것도 사나라고 미영이 저 가시나 알랑거리는 거 봐라. 꼭 기생 오라비같이 생긴 게 뭐가 좋다고, 쯧쯧쯧."
 아휴, 또 떠버리 아줌마다.
 '저것도 사나라고? 꼭 기생 오라비같이 생겼다고?'
 나는 발끈 화가 났다.
 "아줌마 왜 그래요?"
 "와? 너야말로 와 그라는데?"
 떠버리 아줌마가 목소리를 높이자 사람들의 눈길이 나한테 쏠렸다. 나는 얼른 아줌마한테서 멀어졌다.
 "야, 저 오빠 정말 재밌다. 네가 왜 저 오빠 좋아하는지 알겠다. 네가 안 좋아했으면 내가 좋아했을 텐데, 히히히."
 미영 언니가 다시 내 쪽으로 오면서 말했다.
 '치, 자기는 영민이 아빠가 있으면서……'
 나는 미영 언니에게 질투가 나서 호미로 흙을 콩콩 쪼며 물었다.
 "무슨 말 했는데?"
 "한참 연하의 어린 여자를 사랑할 마음이 없냐고 물었지."

"뭐?"

나도 모르게 벌떡 일어났다.

"아니야, 농담이야. 그냥 별 말 안 했어."

미영 언니가 또다시 발로 돌을 슬슬 굴리며 웃었다.

"수하야, 힘들지? 얼굴이 빨갛네."

어느새 왔는지 옆에서 정욱 오빠가 나를 보고 웃었다.

'아, 그렇구나. 오빠 얼굴이……'

나는 왜 내가 오빠를 보고 첫눈에 반했는지 잘 몰랐다. 그런데 밝은 햇빛 아래서 오빠 얼굴을 보니 맑은 피부에 도톰한 입술, 슬프도록 투명한 눈동자가 초류향을 떠올리게 했다. 무림 협객 가운데 제일 뛰어나고 용맹하며 무공이 강한 초류향. 물론 정욱 오빠가 정말 그런 건 아니지만, 내가 제일 좋아하는 초류향과 어딘지 모르게 닮았다.

"오빠 알아요? 수하가 오빠……"

미영 언니가 실실 웃으며 내 이야기를 꺼내려고 했다. 나는 얼른 언니 옆구리를 꼬집었다.

"아, 알았어. 씨, 좋아하면서……"

미영 언니가 옆구리를 문지르며 코를 찡긋했다. 나는 목덜미가 화끈거려서 더 이상 견디지 못하고 고갯마루 쪽으로 올라왔다. 한참 걷다가 뒤를 돌아봤더니 미영 언니가 오빠 옆에 선 채로 나에게 손을 흔들고 있었다. 오빠 옆에 서 있는 미영 언니를 보자 왈칵 눈물이 솟구쳤다. 뛰어가서 오빠와 미영 언니 사이를 한 백 리쯤 떼어 놓고 싶었다. 괜히 미영 언니가 미워졌다.

'우정과 사랑 둘 중에서 하나를 택하라면?'

난 정욱 오빠를 결코 양보하지 못할 것 같다. 결국 사랑은 우정보다 강한 것일까?

8

 쌀 배급을 타러 가는 날이다. 북한에서는 인민들에게 쌀을 배급한다는데, 우리 동네는 회사에서 쌀을 배급한다. 회사에서 식구들이 한 달 먹을 만큼 쌀 배급표를 받아오면 공판장에 가서 쌀을 탄다. 공판장이 생기기 전에는 차떼기로 싣고 와서 사택 중간에 세워 놓고 배급을 주었다. 배급하는 시간이 빠듯해서 사람들은 줄을 서서 배급을 받았다.
 아빠가 갑반이라 오후 네 시가 넘어야 올 텐데도 엄마는 자꾸 재촉을 했다. 엄마가 조바심을 내는 것도 이해는 된다. 쌀 배급을 놓치면 쌀을 구하기가 쉽지 않다. 시장에 내려가서 사려고 해도 쌀가게에서는 배급쌀보다 좋은 쌀을 팔기 때문에 값이 비싸고, 또 쌀을 여기까지 가지고 오려면 여간 고생이 아니다. 몇 가마니 산다면 몰라도, 쌀 한 포대를 이 지장산까지 배달해 줄 쌀가게는 이 사북 바닥에 한 군데도 없을 것이다.

　엄마하고 나는 줄을 서서 배급을 탔다. 배급표를 받아 쥔 아저씨들이 검정 글씨가 쓰여진 40킬로그램짜리 정부미 한 포대를 확 밀어뜨렸다. 쌀 포대가 내 발 앞에 떨어지면서 발등을 찧을 뻔했는데도, 쌀을 밀어 주는 사람들은 껌을 찍찍 씹으며 거들떠보지도 않았다. 엄마하고 낑낑거리며 쌀 포대를 옆으로 끌어내는데, 속에서 부아가 났다. 거지가 동냥을 하는 것도 아니고 우리 아빠가 굴 속에 들어가 목숨 걸고 일해서 번 돈으로 당당하게 받는 배급인데, 배급하는 사람들까지 거저 주는 것처럼 거만을 떨다니.

　이렇게 무시당하고 산 것이 하루 이틀은 아니지만, 별의별 인간들이 우리를 우습게 여긴다. 이 광산촌에는 사회 시간에 배운 '인권'이라는 말 자체가 아예 없거나 완전히 사라진 상태다. 아빠는 이 모든 게 사람의 생명보다는 광부들을 탄 캐는 기계 정도로 생각하고 몰아치는 '선(先)생산 후(後)안전', 그러니까 생산이 먼저고 안전은 그 다음이라는 회사 방침 때문이라고 했다. 하긴, 춘배 아저씨 말마따나 온 세계가 석유 파동에 휩싸여 땅 속에서 캐내는 탄덩이가 모두 노다진데, 돈에 눈이 뒤집힌 족속들이 광부들의 생명이나 안전이 눈에 보이기나 할까.

　"오빠 말대로 노조 지부장을 바꿔야 해."

　나도 모르게 불쑥 말을 내뱉고 나니 씁쓸했다. 솔직히 노조 지부장이 바뀐다고 해도 이 광산촌에서 광부나 그 가족들이 얼마나 사람 대접을 받을 수 있을지는 미지수다. 그러나 정욱 오빠도 바꿔야 한다고 한 걸 보면, 바뀌면 뭔가 좋은 일이 생길 것 같기도 했다.

 엄마는 쌀을 타 놓고 먼저 집으로 가면서 나보고 아빠가 곧 올 테니 기다리라고 했다. 나는 하는 수 없이 쌀자루 귀퉁이를 깔고 앉아 아빠를 기다렸다.

 공판장 옆으로 길을 닦던 곳에 포클레인 바퀴 자국과 삽 자국이 움푹움푹 파여 있었다. 원래는 사북에서 지장산까지 도로를 닦아, 회사에서 버스라도 한 대 내 주어 주민들이 사북시장에 갈 때 이용하도록 한다는 말이 있었다. 그런데 들리는 소문에 의하면, 사장 친척 아무개가 지장산에 공판장을 열면서 공사를 중단했다고 한다. 버스가 다니게 되어 사람들이 시장에 가서 장을 보면 장사가 안 될까 봐 그랬다나 어쨌다나. 아무튼 공판장에서는 물건값을 다른 데보다 훨씬 비싸게 받으면서도, 장사꾼의 기본인 친절은 전당포에 맡겼는지 어지간히 거들먹거렸다.

 '내 이놈의 동네, 더러워서라도 출세할 거다. 내가 출세해서 광부라고 무시하는 잘난 놈들을 가만 두지 않을 거다. 그러려면 일단 돈을 벌어야겠지? 그래서 멋진 자동차를 타고 우아한 모습으로 나타나서…… 그렇지, 정욱 오빠를 만나야지. 오빠가 나를 보면 어떤 얼굴을 할까?'

새촘한 꽃샘바람이 내 얼굴을 때렸다. 하지만 나는 어느새 때와 장소를 잊은 채 상상의 날개를 펼치고, 그 날개에 정욱 오빠를 두둥실 태우고 있었다.

"뭐가 좋아서 얼빠진 사람처럼 히죽거리고 앉아 있나?"

나는 내 옆에 다가온 아빠를 쳐다보다가 깜짝 놀랐다. 그 동안 일만 갔다 오면 잠을 자거나, 아저씨들과 어울려 술 마시는 모습만 보다가 이렇게 밝은 곳에서 보니 아빠 얼굴이 누렇게 뜬 것 같기도 하고 탄가루가 박힌 듯 거무칙칙하기도 했다.

"아, 불쌍한 우리 아빠!"

"그게 뭔 소리고?"

"이 딸이 아빠를 사랑한다는 소리지."

"싱겁기는……."

아빠가 지게에 쌀 포대를 얹고 성큼성큼 걸어갔다. 아빠 등에 붙은 지게는 오랜 세월 닳고 닳아서 맨들맨들했다.

"아빠, 이 지게 되게 오래됐지?"

"그래. 너 태어나기 전부터 있었으니까. 이 지게로 쌀도 참 많이 져 날랐다."

나는 사이다를 마신 것처럼 싸해 오는 코끝을 실룩이며 일부러 큰 소리로 말했다.

"아빠, 걱정 마. 내가 호강시켜 줄게."

"아이구, 우리 딸내미가 철들었네."

아빠는 기분이 좋은지 내 얼굴을 바라보며 씩 웃었다.

아빠가 저녁을 먹으면서 노조일 때문에 아저씨들과 함께 밤차로 서울에 올라갈 거라고 했다. 느닷없이 서울 간다는 말에 엄마는 대번에 낯빛이 변하더니 밥숟가락을 내려놓았다.

"아침까지 그런 말 없더니 갑자기 왜요?"

"오늘 일 나갔다가 그렇게 됐다."

"왜 하필 당신인데?"

"나만 가는 게 아니라 꽤 여러 사람이 간다."

"안 돼요. 당신은 가지 마소. 노조 사람들 괜히 건드렸다가 큰코다치지. 그 사람들은 다 빽이 든든하다던데……. 회사고 경찰이고 다 그 사람들 편인 줄 뻔히 알면서 그래요? 여보, 제발 가지 마소."

"어허, 가야 되니까 가는 건데 딱딱거리기는. 이 사람아, 누가 그걸 몰라서 그러는 줄 아나? 나도 생각이 있는 사람이야!"

아빠는 숟가락을 탁 소리가 나게 내려놓더니, 옷을 찾아 입었다.

"당신은 어딜 가도 입도 떼지 말고 그냥 남들 하는 거나 보면서 가만히 있어요. 꾀스럽게 몸을 사릴 때는 사려야지, 당신 해고되면 누가 우리 식구 먹여 살리겠소? 사람들 말로는, 회사가 싸고도는 지금 노조를 상대로 싸우는 건 계란으로 바위치기라 하대요."

더는 아빠를 붙잡을 수 없다는 것을 알았는지 엄마는 다시 작전을 바꿔 애원하듯 말하기 시작했다.

"수하 아버지, 이렇게 빌 테니까 당신은 제발 나서지 말고 뒤에서 몸을 사렸다가……."

엄마 말이 채 끝나기도 전에 문이 탁 닫혔다.

'야, 우리 아빠 어디에 저런 박력이 숨어 있었나?'

나는 내심 속이 시원했다. 늘 앙앙대는 엄마 잔소리에 묻혀 사는 아빠가 어깨에 힘을 주는 일은 그리 흔치 않기 때문이다.

"아빠, 서울 가면 선물 사 오세요!"

"아이고, 이 철딱서니 없는 가시나야. 저러다 뭔 일 나는 게 아닌가 싶어 속이 떨려 죽겠는데, 한다는 소리가 고작……."

나는 엄마가 뭐라고 하건 말건 아빠를 따라 나가며 큰 소리로 말했다. 그것은 내 나름대로 아빠에게 보내는 격려였다. 아빠가 나를 보고 고개를 끄덕여 보였다. 아빠의 꽉 다문 입술이 마치 적과의 결전을 앞둔 강호 영웅처럼 비장해 보였다.

춘배 아저씨와 정욱 오빠가 왔다. 나는 오빠를 본 순간 재빨리 방으로 들어가 끈으로 머리를 올려 묶고 다시 나갔다. 몽탁한 단발머리보다는 성숙한 여인의 모습이 훨씬 더 매력적일 테니까.

"지장산 사택 사람들은 몇이나 간대요?"

엄마도 밖으로 나와서 춘배 아저씨에게 물었다.

"아마 예닐곱은 될 건데요."

"그럼 춘배 아재하고 정욱이 총각도 가려고?"

"아니에요. 저는 춘배 아저씨 집에 책 빌리러 왔다가 아저씨들이 가신다기에……."

오빠는 옆구리에 무협지를 잔뜩 끼고 있었다.

"어쨌든 두 분 다 몸조심하소. 뭐라더라, 비상계엄인가 뭔가 때문에 서울도 인심이 고약하다던데."

엄마는 양미간을 찌푸리며 다시 한 번 당부했다. 아빠와 춘배 아저씨가 어둠 속으로 사라져 갔다.

나는 오빠한테 말이라도 한마디 붙여 보고 싶어서 짐짓 모르는 척 물었다.

"오빠, 무슨 책이에요?"

"응, 무협지. 참, 춘배 아저씨가 그러는데 수하도 무협지 좋아한다면서?"

"쉿, 엄마가 들으면……."

화들짝 놀라 고개를 돌려 보니 다행히도 엄마는 벌써 방으로 들어가고 없었다.

오빠가 내 귀에 대고 작게 말했다.

"학생이 무협지 좋아하면 공부할 때 공상이 생겨서 안 되는데……."

"괜찮아요. 다 보고 저도 빌려 주세요. 우리 엄마 몰래요."

나도 용기가 생겨서 까치발을 하고 오빠에게 속삭였다.

"알았어."

오빠가 내 귀에 입을 바짝 대고 하는 말이 꽃잎처럼 부드럽고 달콤하게 들렸다.

"나 간다. 안녕!"
"어, 나도 친구네 가려던 참인데."
어떻게 순간적으로 이런 거짓말이 나왔는지 나 자신도 놀랐다. 나는 오빠의 냄새라도 맡으려고 일부러 오빠 옆에 바짝 붙어서 걸었다. 오빠를 생각만 해도 좋은데, 이렇게 곁에서 걸으니 그야말로 찬란한 슬픔에 온몸이 떨렸다. 그러나 몇 걸음 가지 않아서 오빠는 나에게 손을 흔들며 집으로 들어갔다.
'에고, 아깝다. 오빠네 집이 한 십 리, 아니 백 리쯤 떨어져 있으면 얼마나 좋을까?'
나는 누가 볼세라 빠른 걸음으로 언덕까지 갔다가 이내 돌아서서 살금살금 걸었다. 오빠 방에서 희미한 백열등 불빛이 새어나왔다. 멀거니 오빠 방을 바라보다가 다시 몇 걸음 걷고 또 되돌아오고, 이렇게 수없이 걷고 또 걸었다. 그러나 내가 온 밤을 새워 이 길을 맴돈다 해도 이런 내 마음을 오빠는 알 리가 없으니 안타까울 뿐이었다.
허전한 마음으로 발길을 돌리는데, 22동 1호 순태네 집 열린 창문 틈으로 이상한 광경이 눈에 들어왔다. 순태와 순호는 팬티만 입은 채 막대기처럼 벽에 붙어 서 있고, 순태 아빠는 큰 소리로 하나 둘 구령을 붙이며 씩씩하게 방 안을 걸어다니고 있었다. 순태와 순호가 연방 눈을 끔벅이는 것을 보니 울고 있는 게 분명했다. 옆에 앉아 있는 순태 엄마도 수건으로 두 눈을 꼭꼭 누르며 울고 있었다.

"순태 아빠가 서울 법대를 나온 천재래요. 그런데 순태 할아버지가 육이오 사변 끝나고 빨치산이 돼서 북으로 넘어갔다나 어쨌다나. 그래서 순태 아빠 출셋길이 꽉 막혔다지 뭐예요. 그게 연좌제라나 뭐라던데, 그 법 때문에 많이 배웠어도 아무 노릇을 못 한대요."

"뭔 법이 그런 게 있대요? 그래서 순태 아빠가 술만 먹으면 헤까닥 돌아버리는구만. 요즘은 하루라도 술을 안 먹는 날이 없다던데. 맨날 고주망태가 되도록 퍼마시고 주정이 심하대요. 쯧쯧쯧, 미칠 거 같은 그 심정이야 이해가 되지만, 그래도 정신을 차려야지."

"순태 엄마도 이젠 혼이 빠진 사람 같더라고."

"순태 엄마도 순태 엄마지만, 그렇게 공부 잘하고 인물 좋은 아들내미들이 안됐지. 광산촌에는 참 별의별 사연도 다 많아."

우물 방송에서 들었던 순태네 이야기가 괜한 말은 아니었나 보다. 나보다 한 학년 아래인 순태는 우리 학교에서 공부 잘한다고 소문이 난 아인데, 정말 안됐다. 내가 들여다보고 있는 것을 알았는지 창문이 거칠게 닫혔다.

"범생이 새끼, 확 뛰쳐나오면 되지 주정뱅이 아빠가 뭐가 무섭다고 팬티만 입고 질질 짜기는……."

나도 모르게 화가 치밀어올라서 중얼거렸다.

"수하야!"

막 집에 들어가려는데 언제 나타났는지 광호가 황소 눈을 굴리며 걸어왔다. 우스웠다. 박쥐처럼 어둠을 헤치고 돌아다니는 광호와 나. 나는 오빠 방문 앞을 서성이고, 광호는 우리 집 앞을 오가고……. 이쯤 되면 엇갈리는 사랑의 슬픈 그림자라고나 해야 할까?

9

 다음날이 되어도 아빠가 돌아오지 않자 엄마는 속을 끙끙 앓았다. 난 그런 엄마에게 일부러 톡톡 쏘아붙이며 약을 올렸다. 언제나 아빠를 자기 손아귀에 꼭 쥐고 앙알거리는 게 얄미웠는데 고소하다는 생각도 들었다. 막장에서 일을 마치고 나오면 동료들과 한잔 술로 스트레스를 날릴 수도 있는 일인데, 엄마가 바가지를 긁어 대니 아빠는 기를 못 펴고 산다.
 아빠도 어떤 때는 꽥 소리를 지르기도 하지만 엄마가 따지고 들면 또 꼼짝 못 한다. "내가 나 혼자 잘 먹고 잘 살자고 이러나. 악착같이 한 푼이라도 더 빨리 모아서 당신 굴에 안 들어가게 하려고 그러지" 하는 대목에 이르면 아빠는 입맛을 쩝쩝 다시며 물러앉는다. 맞는 말이긴 하다. 엄마가 하는 일은 다 아빠와 우리 남매를 위한 것이다. 그러나 나는 왠지 아빠를 돈만 벌어오게 하려고 뒤에서 살살 조종하는 것 같은 엄마가 싫다.

"야 이 가시나야, 공부 좀 해라, 공부. 낼 모레 고등학교 갈 년이 공부는 안 하고 거울만 들여다보고 있나."

"알았어. 괜히 아빠 때문에 나한테 신경질이야."

"그럼, 신경질 안 나게 됐나? 일도 못 하고 서울에는 뭐 하러 가서⋯⋯."

한참 신경전을 벌이려는데 바깥에서 정욱 오빠 목소리가 들렸다.

"아주머니!"

엄마와 내가 동시에 용수철처럼 튀어나가 문을 열었다.

"아주머니, 서울 간 분들한테서 연락이 왔는데, 오늘도 못 내려온다고 전해 달래요. 언제 온다는 말은 없었고, 잘 있으니 걱정 말래요."

"예, 고마워요. 총각!"

"고마워요. 오빠!"

엄마하고 내가 동시에 대답을 하자 오빠가 빙그레 웃었다. 고슴도치 가시처럼 온몸에 잔뜩 신경이 돋아 있는 엄마한테는 미안한 말이지만, 문득 아빠가 서울에서 더디 오면 좋겠다는 생각이 들었다. 그러면 또 오늘처럼 오빠가 우리 집으로 연락하러 올 테니까. 하지만 내 바람은 허사가 되었다. 다음날 저녁 때 아빠가 까칠한 얼굴로 돌아온 것이다. 아빠는 서울에 올라가 전국광산노동조합에서 항의시위를 하고 왔다고 했다.
"아이고, 그놈의 노존가 뭔가, 골치 아프게 왜 그런데 같이 휩쓸려서 저러는지 모르겠다. 내가 이러다 속이 시커멓게 타서 죽지, 죽어."
"아빠, 이제 노조일 하지 마! 저러다가 엄마 생병 나겠다."
그 동안 아빠 때문에 밤낮으로 애태운 엄마가 안돼 보이기도 해서 나는 짐짓 아빠한테 화를 냈다.
"이 녀석아, 광부도 사람이란 말이다. 가진 것 없고 배운 것 없다고 언제까지 이렇게 눌려 살 수만은 없잖나. 민주주의 국가에는 엄연히 법이 있는데……."
아빠가 큰 소리로 말했다. 그 말을 듣자 의아했다.
'민주주의 국가의 법? 그런 게 있었나, 이 광산촌에도?'
사실 아빠는 아직도 선산부 꽁무니나 따라다니는 후산부고, 월급도 선산부 반밖에 못 타오지만 지금까지 별 불만이 없었다. 그러던 아빠가 단번에 저렇게까지 변한 것은 무엇 때문일까? 아마도 지난번 사고를 겪고 어떤 충격을 받은 것이 틀림없다. 엄마가 그러는데, 아빠는 화절령에서 사고를 당했을 때도 한동안 의분에 떨며 보상을 받겠다며 아픈 다리를 이끌고 노동청에 고발하러 다녔다고 한다. 이해가 된다. '굼벵이도 밟으면 꿈틀한다'고, 아빠도 밟힐 때마다 살아 있음을 알리고 싶은 것이다. 나는 아빠가 며칠간이나마 탄복을 벗고 서울까지 갔다 온 게 어쩐지 좋아 보였지만, 민주주의 국가의 법을 들먹거

117

릴 때면 약간 속이 뒤틀렸다.

'치, 그렇게 법을 잘 알면 왜 여태껏 이렇게 사는데? 민주주의 국가? 광산에서는 공동으로 탄 캐고 공동으로 배급받잖아. 어라, 그럼 공동 생산 공동 분배라는 공산주의하고 뭐가 다르지?'

요즘은 아이들도 노조 이야기로 수런거렸다. 가는 곳마다, 아니, 사북읍 전체가 애 어른 할 것 없이 노조 이야기로 떠들썩했다. 이건 아예 '무찌르자 공산당'이 '무찌르자 어용 노조 지부장'이 된 것 같았다.

아빠가 서울에 다녀온 뒤로 우리 집에는 사람들의 발길이 끊이지 않았다. 엄마는 사람들 앞에서 노골적으로 싫은 기색을 했지만 그래도 사람들은 계속 찾아왔다. 아빠는 그 사람들에게 서울 갔던 이야기를 녹음기처럼 하고 또 했다.

"우리가 전국광산노조 위원장실을 점거하고 데모를 했지. 우리가 서울까지 올라오리라고는 생각을 못 했는지 이 사람들이 겁을 먹더라고. 저들끼리 연락을 했는지 대번에 사북에서 부지부장이랑 보안부장이 올라오더만. 그래서 일단은 사북 내려가서 이 문제를 놓고 정식으로 이야기하자는 약속을 받고 왔지. 이제 곧 뭔 말이 있을 거구만. 그러니 뒤에서 쑥덕거리지만 말고 불만이 있으면 당당히 나서서 얘기를 해야 한다고. 대한민국은 엄연한 민주주의 국가고 노동 법규가 있는 나란데……. 안 그래요?"

아빠의 말을 들은 사람들은 곧 문제가 해결될 것처럼 기분 좋은 얼굴로 돌아갔다. 그 동안 말 많던 노조 문제가 우리 아빠 덕분에 금방 다 해결될 것 같았다. 정욱 오빠가 이런 우리 아빠의 모습을 봤어야 하는 건데.

학교 갔다 오는 길에 안경다리 근처에서 미영 언니를 만났다. 언니는 질겅질겅 씹던 껌을 혓바람으로 날려 보내며 말했다.
"수하야, 사북시장이 아주 야단이다, 야단."
"왜?"
"나도 잘 모르는데, 경찰이 사람들을 다 잡아갔다더라. 씨발, 오늘 밤에 애들이랑 황지 놀러 가기로 했는데······."
"언니야, 욕 좀 쓰지 마라."
내가 인상을 찌푸리자 미영 언니가 나를 빤히 바라보았다. 사실 나는 미영 언니가 좋긴 하지만, 가끔 깡패들처럼 거친 말을 쓸 때는 왠지 낯설고 정나미가 떨어진다.
"정욱이 오빠하고는 잘 돼 가냐?"
"뭐가 잘 돼 가?"
"짝사랑 말이야."
내가 대답 대신 한숨을 푹 쉬자, 언니가 내 배를 장난스럽게 툭 치며 말했다.
"야, 확 말해 버려. 까짓것 싫다면 그만이고, 좋다면 사귀어 보는 거지."

"언니는……."

나도 오빠에게 고백하고 싶은 마음이야 간절하지만 그게 잘 안 된다. 그리고 설령 용기를 내서 고백한다고 해도 오빠가 농담으로 받아들이고 웃어 버린다면 그보다 더 창피한 일이 없을 거다.

"수하야, 우리 내일 황지에 놀러 갈래?"

"내일 언제?"

"학교 갔다 와서 저녁때."

"에이, 황지에 가더라도 쇠푼이 주머니에 들어 있어야 가지."

"그럼 보다* 주워서 판 다음에 가자."

"알았어."

다음날 해거름에 만난 우리는 폐석더미를 헤치고 조개탄을 주우러 다녔다. 나는 허리에 보자기를 차고 미영 언니는 등에 질통을 졌다. 굴 속에서 캐 낸 무연탄을 저탄장으로 보낼 때 돌이나 못 쓰는 폐탄은 골라 내어 폐석더미에 갖다 버리는데, 사람들은 광차가 폐석을 버릴 때 쏟아져 내리는 탄더미를 헤치고 조개탄을 주우러 다녔다. 그렇게 주운 조개탄은 장사하는 시장 사람들에게 팔기도 하고 집에서 땔감으로 쓰기도 했다. 나는 엄마가 위험하다고 말려서 몇 번 다니지 않았지만, 아이

보다 조개탄.

들은 위에서 계속 폐석더미를 쏟아붓는데도 굴러오는 돌들을 용케 피하며 조개탄을 주웠다.

나는 언뜻 봐서는 아직도 탄가루가 묻은 검은 돌덩이와 조개탄을 잘 구별하지 못한다. 그래서 일단 반짝거리는 돌을 찾아서 들어 봐야 안다. 조개탄은 돌덩이보다 가볍고 반짝거리기 때문이다. 미영 언니는 조개탄 줍는 데는 선수였다. 언니 질통에는 금세 조개탄이 그득했다. 나는 이리저리 헤맸지만 보자기에 반도 못 채웠다.

"자, 이거 언니 질통에 쏟아붓고 그만 줍자. 언니 다 가져."

"그래, 팔아서 너도 좀 줄게."

그 때 안경다리 근처에서 사람들이 외치는 소리가 들려왔다.

"……사퇴하라!"

"임금을 인상하고 어용 노조 지부장 물러가라!"

좁아터진 사북시장통 길에 사람들이 주먹을 치켜들고 몰려가고 있었다.

"모조리 사퇴하라! 물러가라!"

미영 언니는 아저씨들 흉내를 내며 그 자리에서 소리를 질렀다.

"왜 저래?"

"내가 아냐? 근데 저 아저씨들 저러니까 멋있어 보이지 않냐? 물러가라! 물러가라! 그래, 광산쟁이들도 다 물러가라!"

미영 언니가 바닥에 놓인 돌을 휙 차내자 탄가루가 바람을 타고 위로 날아올랐다. 언니와 나는 과부 아주머니 혼자서 술장사를 하는 제천집으로 조개탄을 팔러 갔다.

"야들아, 무슨 난리가 날 것 같다. 갑반 갔던 사람들이 죄다 회사로 몰려가더라. 너거들도 얼른 집으로 가거라."

제천집 아주머니가 부랴부랴 탁자를 치우며 말했다. 미영 언니는 얼른 조개탄을 쏟아 놓고 내 손을 잡아끌었다.

"무슨 일이 나기는 난 것 같은데……."

원래 계획대로라면 늘 그랬듯이 조개탄 판 돈으로 황지에 가거나 뭐라도 사 먹었겠지만, 미영 언니와 나는 겁이 나서 곧바로 지장산으로 올라왔다.

"언니, 내일 무슨 집회가 있어?"

사택 입구에 접어드니 공중변소 벽과 사택 벽에 공고문이 붙어 있었다. 공고문은 계엄사령부에서 21일 집회를 허가할 수 없다는 내용이었다.

"몰라. 집회고 뭐고, 아휴 짜증나. 광산쟁이들이 일이나 하지 왜 몰려다니고 그러는지 몰라. 야, 근데 저기 가는 애 광호 맞지?"

"몰라, 짜증나!"

"히히히."

광호가 나를 좋아한다는 것을 알고 있는 미영 언니가 이상한 소리를 내며 웃었다. 광호가 미영 언니의 웃음소리를 들었는지 뒤를 힐끔 돌아보고는 바삐 걸어갔다. 미영 언니한테 걸리면 한참 동안 놀림감이 될 거라고 생각한 모양이었다.

"에고, 청춘이 뭔지……. 수하야, 빨리 어른이 되면 좋겠다, 그치? 난 빨리 시집 갈 거야. 광산쟁이라도 괜찮아. 그럼 엄마 아빠 잔소리도 안 듣고 좋을 텐데, 히히히."

언니가 키득거렸다.

"언니, 영민이네 아저씨 이제 다 잊었어?"

"그래, 잊었다. 가끔은 생각나지만. 수하야, 그 아저씨 정말 좋은 사람이다. 글쎄 영민이 엄마한테 머리카락을 잡아 뽑히면서도 내 얘기는 끝까지 안 하더라. 정말 감격했어. 괜히 내가 아저씨를 불쌍하게 만들었나 봐."

언니의 얼굴이 우울해지자 나는 괜한 말을 꺼낸 것 같아 미안했다. 부지런히 걸어서 고갯마루에 이르니 온 하늘에 짙은 구름이 퍼져 가고 있었다.

그 때 아저씨들 한 무리가 웅성거리며 뛰어내려왔다. 그 중에는 병반을 가기 위해 지금쯤 집에서 자고 있어야 할 아빠도 끼여 있었다.

"아빠, 어디 가요?"

"어, 수하야. 얼른 집에 올라가라. 아빠 저 밑에 간다."

아빠가 잰걸음으로 걸어갔다. 그 뒤로 금세 수한이가 숨을 헐떡이며 뛰어왔다.

"누나, 아, 아빠 봤어?"

"응, 방금 사람들하고 같이 가던데, 왜?"

"경찰차가 사람들이 매달렸는데도 그대로 달려서 사람이 치였대. 그래서 사람들이 몰려간 거야. 엄마가 아빠 가지 못하게 좀 말려 보라고 해서 따라가는 거야."

"경찰이 사람을 치어?"

"응."

수한이는 짧게 대꾸하고는 급히 아래로 뛰어갔다.

'말도 안 돼. 사람이 차에 매달렸는데 그냥 달리다니……'

나는 고개를 갸웃거리며 집으로 왔다.

"수하야, 너 아바이가 왜 저렇게 나서는지 모르겠다. 남이야 죽든 살든 내 요량만 하면 되지, 정말 속 타서 못 살겠다."

엄마가 울상이 되어 한숨을 푹푹 쉬었다.

"엄마는, 그럼 경찰차가 사람을 깔았다는데 안 가 봐? 만약 깔린 사람이 아빠라면 어쩔 건데?"

"이 가시나가 불난 데 부채질하나! 에미 속 타는 줄 모르고……. 이놈의 가시나야, 학교에 갔다 왔으면 공부를 해야지 해가 다 저물도록 어디를 쏘다니다가 이제 기어들어왓! 그리고 너 요즘 미영이하고 싸돌아다니지? 엄마가 그 가시나랑 붙어다니지 말라고 그렇게 말했는데 귓등으로 흘리고. 에고, 내가 못 산다, 못 살아. 딸년 하나 있는 것이 에미 속이나 썩이고 돌아다니고. 한 번만 더 그놈의 가시나랑 돌아다녔단 봐라. 내가 아주……."

엄마가 도끼눈을 뜨고 윽박질렀다. 엄마는 항상 저렇다. 내가 뭐 동네북인가? 화를 내는 진짜 이유는 잊어버리고 나만 들들 볶는다. 아빠 때문에 화가 나도, 수한이 때문에 화가 나도 결국엔 나를 걸고넘어진다. 나는 나중에 엄마가 되면 저렇게 치사한 방법으로 애매하게 자식들을 볶지는 않을 거다. 부모는 자기 감정에 따라서 자식을 대하면 절대로 안 된다는 게 내 생각이다. 아빠 말마따나 민주주의 국가에는 엄연한 법이 있는데, 부모와 자식 사이에도 지켜야 할 것은 법으로 정해 놓으면 좋을 것 같다.

아빠 찾으러 갔던 수한이는 그냥 혼자 돌아왔다. 광업소 사무실 앞마당에 사람들이 엄청나게 모여 있어서 도저히 아빠를 찾을 수 없다고 했다.

"누나, 사북이 무법천지가 됐대."

"무법천지?"

"응, 사람들이 모두 무법천지라고 가게 문을 닫고 야단이야. 누나 무법천지 몰라?"

사북읍에 내려가서 무엇을 봤는지 수한이의 상기된 얼굴이 제법 심각했다. 어떤 때는 좀 덜떨어진 게 아닌가 싶을 만큼 맹한 내 동생이 저렇게 심각한 것을 보면 무슨 일이 난 게 틀림없다. 엄마는 밤을 꼴딱 새우며 아빠를 기다렸지만, 그 날 아빠는 집에 들어오지 않았다.

10

"어용 노조 지부장 내쫓고 임금 인상 쟁취하자. 모든 노동자는 빠짐없이 다 나오시오. 이럴 때 우리의 단결된 모습을 보여주어야 합니다. 모두 나오세요."

새벽부터 동네 확성기에서는 흥분된 목소리로 외치는 소리가 흘러나왔다.

"아무래도 내가 나가 봐야겠다. 뭔 일이 나긴 났나 본데. 수하야, 수한이 깨워서 같이 밥 먹고 학교 가라."

문 밖에서는 사람들이 우르르 몰려다니는 소리가 연달아서 났다.

"안 나오면 빨갱이, 회사 편이다!"

악을 써 대는 소리가 귓가를 때렸다. 창문으로 빼꼼 내다보니 시커먼 그림자들이 분주하게 뛰어다니고 있었다. 동이 텄지만 아직 이른 시간이라 나는 다시 이불을 쓰고 누웠다. 쿵쿵거리며 뛰어다니는 발 소리와 분주하게 외치는 소리가 끊임없이 들려왔다. 그 소리는 온 동네를 들쑤시며 한 시간 이상 계속되더니, 날이 훤히 밝으면서 점점 잦아들었다.

나는 수한이를 깨워서 같이 아침을 먹고 집을 나섰다. 새벽잠을 설친 아이들이 등굣길에 갈가마귀 떼처럼 모여 왁자지껄 떠들고 있었다.

"야, 경찰차가 사람을 깔아뭉갰대."

"그래서 죽었대?"

"몰라."

"인마, 경찰차가 깔아뭉갰으면 죽지 살았겠냐?"

경찰이 사람을 깔아뭉갰다니 정말 믿을 수 없는 일이다. 그러나 새벽부터 동네 방송에서 악을 써 대고 사택 사람들이 우르르 떼거리로 몰려간 걸 보면 정말인 것 같기도 했다.

산을 내려가 폐석장에서 내려다보니 사람들이 광업소 쪽으로 새카맣게 올라가고 있었다. 그 줄이 길고 길게 이어져 마치 검은 강물이 흐르는 것처럼 보였다. 나는 지금까지 사북 사람들이 한꺼번에 저렇게 많이 모인 것을 본 적이 없다. 조용하던 사북의 역사가 하룻밤 새에 바뀌어 버린 것 같았다. 나는 늦가을 찬비를 맞은 것처럼 속이 떨리면서 현기증이 일었다. 학교 가던 아이들도 내려다보이는 사람들의 물결에 압도당한 듯 멍하니 서 있었다.
"죽여 버리자. 쌍놈의 새끼들!"
한 아이가 폐석장의 검은 돌멩이를 주워서 냅다 던지며 소리쳤다.
"그래, 다 죽여 버리자."
옆에 있던 아이들도 따라서 돌멩이를 던지며 소리쳤다.
"수한이 너, 누나 옆에 꼭 붙어서 따라와."
나는 수한이 손을 꼭 잡았다.
"야, 지각이다. 뛰자!"
돌을 던지던 아이들이 폐석장 밑으로 뛰기 시작했다. 나도 수한이를 이끌고 뛰었다.
안경다리 근처에 이르자 새마을 사택과 중앙 사택에서 몰려오는 사람들 때문에 길이 막혀 꼼짝도 할 수가 없었다. 아이를 업은 아주머니들 손에는 연탄집게가 들려 있고, 곡괭이와 삽을 든 아저씨들도 있고 막대기를 든 할머니도 보였다. 몰려오는 사람들의 얼굴에는 한결같이 분노가 서려 있었다.
'나라에 충성하고 부모에게 효도하자.'
나는 고개를 들어 안경다리에 달아 놓은 검게 변한 현수막을 쳐다보았다.
'나라에 충성?'
몇 년 전 내가 아직 초등학생이었을 때 무슨 철도 개통식을 한다고, 검은 안경을 쓴 대통령이 헬리콥터를 타고 우리 학교

운동장에 온 적이 있었다.
"여러분은 장차 이 나라의 기둥이 될 사람들입니다. 이 나라의 훌륭한 기둥이 되려면 피땀 흘려 노력해야 합니다."
마른 싸리나무 가지처럼 깡마른 체구의 대통령이 하던 말이 생각났다. 어쨌든 아깝다. 그 좋은 자리를 마르고 닳도록 지키지도 못하고 지난 가을, 대통령이 죽었다는 소식이 전해진 뒤 우리 동네 사람들은 울고불고 난리가 났었다. 나는 지금도 이해가 안 된다. 그 대통령 아저씨가 아빠들 대신 굴 속에 들어가서 탄 한줌 캐 준 적도 없는데, 어른들이 왜 그렇게 질질 짜 댔는지 말이다. 읍사무소에 차려진 영정 앞에서도 난리가 아니었다. 어떤 사람은 땅바닥을 치면서 그야말로 대성통곡을 했다. 우리 엄마도 예외는 아니었다.
"엄마는, 한 번 만나 보지도 못한 사람이 죽었는데 왜 그렇게 울고 난리야?"
"이 철없는 것아. 대통령은 이 나라의 아버지나 마찬가지다. 아버지가 죽었는데도 안 우는 자식이 어디 있나?"
엄마는 종주먹을 쥐며 나를 나무랐다.
그 때도 엄마 아빠는 걱정이 태산이었다.
"대통령이 돌아가셨으니 분명히 이북 저노마들이 쳐내려올 거다."
아빠는 할아버지가 큰 수술을 받았을 때보다 더 심각한 얼굴로 공포스러운 예언을 했고, 엄마는 외할머니가 돌아가셨을 때보다 더 슬픈 표정으로 고개를 끄덕이며 맞장구를 쳤다. 그러나 대통령 없이 몇 달이 지나도록 아빠가 말한 이북 저노마들은 쳐내려오지 않았고, 어떤 대머리 군인 아저씨가 곧 대통령이 될 거라는 소문만 분분했다.

올라오던 사람들이 드물어지면서 길이 열렸다. 사람들 틈새로 빠져나간 아이들이 꽁지가 빠져라 학교를 향해 뛰었다. 교실에 들어서니 조회는 벌써 끝났는지, 1교시 수학 선생님이 들어서고 있었다.

"선생님요, 큰일났어요. 사람들이 광업소 쪽으로 막 몰려가더라고요."

"알고 있다. 자, 자, 어른들 일은 어른들이 알아서 하는 거고, 우리는 공부만 열심히 하면 되는 거다. 모두 책 펴."

선생님의 표정이 잠깐 흔들렸다. 수업이 시작된 지 한참 지났는데도 여느 때와 달리 교실 문은 수시로 열리고 닫히면서 지각생들이 들어서고 있었다.

찌르르르릉, 찌르르르릉······.

1교시가 거의 끝나 갈 무렵 종소리가 길게 울리고 방송이 나왔다.

"알립니다. 선생님들께서는 지금 곧 수업을 중단하시고 모두 교무실로 모여 주시기 바랍니다."

선생님들이 서둘러 교무실 쪽으로 뛰어갔다.

잠시 후 잔뜩 침통한 표정으로 교실에 들어온 담임 선생님이 떨리는 목소리로 말했다.

"자, 모두 책가방 챙겨라. 지금 광업소에서 회사와 광원들이 서로 뜻이 맞지 않아 싸움이 난 것 같다. 오늘 수업은 여기서 마친다. 모두 집으로 곧장 돌아가거라. 그 어떤 일이라도 폭력은 안 된다. 대화로 문제를 풀어 갈 수 있도록 어머니 아버지께 말씀드려라. 그리고 너희들은 쓸데없이 바깥으로 나다니면 안 된다. 알았나?"

두런거리던 아이들이 잔뜩 긴장한 채 모두 집으로 향했다. 나는 교문을 나서다가 수한이 생각이 났다. 난리가 나서 눈물 콧물 흘려 가며 찾아다니는 이산 가족이 되지 않으려면 지금 수한이를 데리고 집으로 가야 한다.

나는 초등학교 쪽으로 발길을 돌렸다. 그러나 수한이네 교실은 벌써 텅 비어 있었다. 가슴이 뛰기 시작하면서 정신이 아득해졌다. 이번엔 집 쪽으로 뛰었다. 역 아래쪽에 오니 사람들이 구름 떼처럼 모여서 행진을 하고 있었다. 단골상회 앞까지 오자, 사람들 때문에 길이 막혀서 도저히 뚫고 나갈 수가 없었다. 나는 역 앞으로 빙 돌아갈까 하다가, 무슨 일인지 궁금해서 사람들이 모여 있는 쪽으로 가까이 다가가 보았다.

"죽여라!"

"죽여도 싸다!"

사람들이 빙 둘러싼 원 안에서 경찰들이 몰매를 맞고 있었다. 나는 몸이 떨리도록 무서우면서도 한편으로는 야릇한 흥분이 일었다.

'고소하다!'

나도 모르게 속엣말을 내뱉다가 갑자기 나 자신이 무섭고 섬뜩하게 느껴졌다. 나는 뒤도 돌아보지 않고 다시 뛰었다. 속이 떨려서 자꾸 발이 헛디뎌졌다. 안경다리를 지나 폐석장 위로 오르니 사람들이 모여 철길 옆에 쌓아 둔 갱목을 어깨에 메고 나르고 있었다. 다른 한쪽에서는 아주머니들이 돌을 날라다 쌓고 있었다.

그런데 사람이 정말 다급해지면 초인적인 힘이 생기는 모양이다. 사북시장에서 지장산까지 타박걸음으로 반 시간은 걸리는데, 나는 마치 축지법이라도 쓴 것처럼 집까지 단숨에 뛰어올라 방문을 열어젖혔다.

"수한아, 전쟁이 났다, 전쟁이 났어! 엄마, 큰일났어!"

열에 들뜬 내 입에서 이상한 말들이 횡설수설 튀어나왔다.

겁 많은 수한이가 몹시 놀랐는지 이불을 쓴 채로 고개만 빼꼼 내밀었다.

"수한아, 어떻게 왔어? 엄마는 어디 있고?"

"누나, 선생님이 안경다리까지 데려다 줬어. 누나는 어떻게 왔어?"

수한이가 집에 무사히 와 있는 것을 보자 이번에는 엄마 아빠 생각이 났다.

"수한이 너, 꼼짝 말고 방에만 있어. 누나가 엄마 아빠 찾아

올 테니까."

"누나, 가지 마. 나 혼자 무섭단 말이야!"

"야 인마, 6학년이나 된 게 뭐가 무섭다고!"

나는 다시 광업소 쪽으로 뛰었다. 산모롱이를 돌아서자 천지가 진동하는 듯한 함성이 들렸다.

"정말 전쟁이 났구나!"

헤아릴 수 없이 많은 사람들이 철길을 사이에 두고 경찰과 대치하고 있었다. 사람들은 돌을 주워서 앞쪽으로 날랐다. 앞쪽에는 돌덩이들이 군데군데 수북이 쌓여 있었다.

"야, 동발 더 갖다 놔!"

앞에서 누군가가 소리쳤다. 그 소리는 뒤로 뒤로 전달되었다. 뒤에 있던 사람들이 갱목을 앞으로 날랐다. 앞에 있는 사람들이 경찰 쪽으로 돌을 마구 던지며 갱목을 굴렸다.

탕, 탕!

연거푸 총성 두 발이 울렸다. 마치 총알이 내 머리통을 뚫고 지나간 것처럼 섬뜩해서 나도 모르게 앞으로 폭 꼬꾸라졌다.

"저놈들이 사람 잡으려고 총을 쏜다!"

누가 악을 쓰며 외치자 사람들이 "죽여라!" 소리를 지르며 앞쪽으로 내달았다.

탕, 탕, 탕……

또다시 총소리가 들렸다. 갑자기 앞이 자욱해지는가 싶더니 눈과 코가 매캐해지면서 걷잡을 수 없이 재채기가 났다. 마치 눈과 콧구멍에 고춧가루를 쏟아부은 것처럼 매웠다. 사람들이 모두 얼굴을 싸안고 재채기를 해댔다.
"최루탄이야! 에취, 에취……."
말로만 듣던 최루탄을 경찰이 쏜 것이다. 어린아이들의 자지러지는 울음소리가 여기저기에서 터져 나왔다. 엄마 등에 업힌 아이 하나가 재채기 때문에 금방 숨이 넘어갈 것처럼 꺽꺽대며 울어젖혀서 듣기만 해도 숨이 막혔다.
"에이씨, 빤쓰 다 젖었네. 에—에취."
옆에서 한참 재채기를 하던 아주머니가 흐르는 눈물을 닦지도 못하고 눈이 벌게져서 말했다. 나도 재채기를 해댔더니 아랫도리가 축축해졌다. 목구멍과 가슴이 점점 더 따갑고 아파왔다. 하도 재채기를 했더니 나중에는 창자가 다 쏟아질 것처럼 아파서 일어설 수도 없었다. 다른 사람들도 재채기를 하느라 뒤로 밀리면서 우왕좌왕했다.
"경찰이 올라온다. 잡히면 죽는다. 나가자!"
앞에서 목이 터져라 외치는 소리가 들렸다. 그 말에 뒤에서 얼굴을 싸안고 뒹굴던 사람들이 벌떡 일어나 앞으로 밀고 나갔다. 악에 받친 사람들이 물불을 가리지 않고 돌과 갱목을 던졌고, 아주머니들은 치마폭에 돌멩이를 싸서 날랐다. 그 옛날 행주대첩 때도 사람들이 이러고 싸우지 않았을까 싶었다. 사람들이 워낙 많다 보니 돌을 한 번 던지고 돌아오는데도 서로 밟고 밟혀서 아수라장이 되었다.

"다 죽어라, 죽어!"

나도 사람들 틈에 끼여 악을 쓰며 돌을 던지고 또 던졌다. 처음에는 사람들이 던지기에 덩달아 던졌지만, 나중에는 내 스스로 흥분되어서 마치 철천지 원수와 죽기살기로 싸우듯 이를 악물고 던졌다.

"경찰들이 도망간다!"

"와!"

"와! 다 도망간다!"

사람들이 밑으로 내달아서 철길로 뛰어들었다. 뒤에 서 있던 사람들도 물밀듯이 내달았다. 위에서 내려다보니 거대한 뱀 한 마리가 꿈틀거리는 것 같았다.

"경찰이 돌에 맞아 죽었다!"

앞서 가던 사람들 중에서 누군가가 외쳤다.

"경찰이 죽었다!"

마치 이어달리기에서 바통 터치를 하듯, 뒤에서 뛰던 사람들이 앞 사람들의 말을 받아서 외쳤다.

"그깟 경찰 하나 죽은 게 뭔 대수냐? 광부들은 굴 속에서 수도 없이 죽는다!"

누군가 뒤에서 거친 목소리로 외쳤다.

사람들이 도망가는 경찰들을 쫓기 시작했다.

빠—앙.

플랫폼에 들어왔던 태백선 열차가 움직이지 못하고 가끔씩

힘 빠진 기적 소리를 내며 서 있었다. 사람들이 철길을 가로질러 뛰기 시작했다. 신발이 벗겨졌는지 맨발로 뛰는 아주머니들도 눈에 띄고, 연탄집게와 막대기를 높이 들고 뛰는 아주머니들도 보였다.

철길 건너 역 쪽에서 큰 함성이 들렸다.

"와, 잘한다!"

사람들이 손뼉을 치며 또다시 소리를 질렀다.

'세상에……'

가까이 가서 보니 어떤 아저씨가 기관차 꼭대기에 올라서서 웃통을 훌훌 벗어던지고 있었다. 좀더 앞으로 다가가서 쳐다보다가 나는 깜짝 놀랐다. 분명히 순태 아빠였다. 순태 아빠의 야윈 가슴에 앙상하게 드러난 갈비뼈는 불어오는 바람 한 줄기도 견디지 못하고 곧 부러질 것처럼 보였다. 순태 아빠는 입고 있던 바지도 훌렁 벗어던졌다. 팬티만 입은 순태 아빠가 만세를 부르는 것처럼 두 손을 번쩍번쩍 들면서 뭐라고 소리를 질렀다. 그 모습은 서커스단의 어릿광대처럼 우스꽝스러웠지만 누구 하나 웃는 사람은 없었다.

"17년 인권 유린, 노동자 착취 악덕 기업주는 물러가라! 회사와 붙어먹는 기생충 경찰, 공무원 물러가라! 광부도 사람이다. 더 이상은 참지 말자!"

"옳소!"

"와!"

순태 아빠가 손나팔을 만들어 목이 터져라 외치자 모여선 사람들이 손뼉을 치며 함성을 질렀다.

나는 순태 아빠를 보자, 팬티만 입은 채 두 눈에 눈물이 글썽거리던 순태와 순호가 생각났다. 기관사가 고개를 빼고는 위를 쳐다보며 뭐라고 소리를 질렀다. 깃발을 든 역장이 역무실에서 확성기를 들고 나오며 내려오라고 손짓을 했다. 그러자 몇몇 사람이 우르르 달려들어 역장을 사무실로 끌고 갔다. 사람들은 기찻길에 앉아서 소리 높여 '광부의 노래'를 부르기 시작했다.

우리는 광부, 흙 속에 산다
검은 땀을 흘리며 오늘도 내일도 햇볕을 등지고
오르며 내리며 탄차에 실려 시간을 먹는다
하나, 둘, 셋, 터지는 발파음, 돌과 쇠가 부딪치는 불꽃 속에
우리는 광부, 생명을 태운다

모두 목울대가 꿀럭거리도록 악을 쓰며 노래를 불렀다. 피를 토하는 듯한 노랫소리가 하늘 높이 울려 퍼졌다.

그 때 저만큼 멀찍이 떨어져 서 있는 정욱 오빠가 내 눈에 들어왔다. 나는 반가운 마음에 오빠가 있는 쪽으로 걸어갔다. 오빠는 내가 가까이 가는 줄도 모르고 입을 꼭 다문 채 주머니에 손을 넣고 서 있었다. 가까이에서 보니 슬쩍 들려 올라간 입

술이 마치 기찻길에 앉아서 노래 부르는 사람들을 비웃고 있는 듯했다. 갑자기 얼음덩이처럼 차갑고 묵직한 것이 내 가슴을 때렸다.

'사람들이 모두 난린데 혼자 저렇게 서서 태연하게 보고만 있다니……'

나는 탄가루와 땀으로 범벅이 되어 악을 써 대는 사람들과 뽀얀 얼굴로 아무 상관 없는 사람처럼 멀찍하니 서 있는 오빠를 번갈아 바라보았다. 갑자기 화가 났다. 마음 한구석이 와르르 무너져 내리는 것 같았다. 나는 오기가 나서 두 눈을 부릅뜬 채 오빠 옆을 지나쳤다. 오빠가 나를 부르는 소리가 들렸다.

"수하야!"

'비겁자!'

나는 그 자리에 멈추어 섰지만 고개는 돌리지 않았다. 고개를 돌리면 오빠의 비겁한 모습을 다시 보게 될 것 같아서 두려웠다.

'그래, 난 떳떳하게 싸울 거야. 보란 듯이!'

나는 사람들이 있는 곳으로 돌아섰다.

'비겁해, 비겁해. 혼자서 잘났어.'

목구멍이 뻣뻣해지면서 울음이 나왔다. 그것은 솟구쳐 오르는 분노였다.

"수하야, 여기 왜 나와 있어? 얼른 집에 가."

어느새 오빠가 옆에 다가와 내 팔을 잡았다.

"엄마 아빠가 안 보여요."

나는 오빠를 똑바로 쳐다보며 침착하게 말했다.

"인마, 그래도 여긴 위험해. 내가 찾아서 모시고 갈 테니까, 넌 어서 집에 가."

오빠가 내 팔을 잡아끌었다. 내 팔에 와 닿는 오빠 손이 뱀처럼 차갑고 징그럽게 느껴졌다. 어이가 없었다. 그 희고 가느다란 손을 한 번만이라도 만져 보고 싶어서 그렇게 안달을 하고 꿈 속에서나마 오빠의 그 부드러운 손길을 느끼고 싶어했건만, 지금 오빠 손에 잡혀 있는 내 팔에 이처럼 소름이 돋다니!

이를 앙다물었지만 참았던 눈물이 마구 쏟아지기 시작했다. 나는 원망과 증오가 뒤섞인 눈으로 오빠를 빤히 쳐다보았다.

"자, 자, 가자. 빨리!"

오빠가 내 어깨를 감싸안았지만 나는 오빠 손을 뿌리쳤다.

'내 사랑은 이렇게 허무하게 끝나는구나. 치사하고 비겁한 인간……'

나는 자꾸 설움이 복받쳐서 소리내어 엉엉 울었다. 오빠는 아무 말이 없었다.

"아이쿠, 난리났네, 난리났어. 경찰이 돌에 맞아 죽었으니 이제 떼거리로 몰려올 텐데……"

얼굴이 흙빛이 된 한 아저씨가 철길 너머로 급히 뛰어가며 말했다.

"수하야, 너 내 말 잘 들어. 지금 빨리 집으로 가, 알았지?"

오빠가 다급히 말하고는 그 아저씨 뒤를 따라갔다. 나는 우두커니 서서 멀어져 가는 오빠 뒷모습을 바라보다가 마치 오빠의 말에 최면이라도 걸린 듯 집으로 뛰었다. 지장산을 다 올라오도록 역 쪽에서 들려오는 노랫소리는 끊이지 않고 계속 이어졌다.

온몸이 사시나무처럼 떨리고 머리가 터질 것처럼 아팠다. 집에 돌아오자마자 나는 이불을 뒤집어쓰고 방바닥에 엎드려 울었다. 왜 그렇게 서럽게 울었는지 나도 그 이유를 모르겠다. 처음 본 순간 내 마음을 뒤흔든 오빠의 그 슬프도록 긴 목덜미와 오빠를 그리워하며 서성이던 밤들이 눈물 속에 어렸다. 나는 어쩌면 지금 오빠를 내 마음속에서 조금씩 지우려고 애쓰고 있는지도 모른다. 피를 토하는 것 같은 '광부의 노래'가 내 귓가에 환청처럼 울렸다. 뭔가 지독한 실망감과 허무함에 미영 언니처럼 담배라도 피우고 싶은 심정이었다. 그나저나 엄마랑 아빠는 어디에 있는 걸까?

울다가 잠이 들었는지 수한이가 흔들어 깨우는 바람에 화들짝 놀라 일어났다. 앞산 그림자가 벌써 창에 깊이 드리워져 있었다.
 "누나야, 아이들도 사북으로 내려가는데 우리도 엄마 아빠 찾으러 가 보자."
 맞다. 내가 지금 그깟 정욱 오빠 때문에 이러고 있을 때가 아니지. 나는 수한이를 데리고 서둘러 집을 나섰다. 다른 아이들도 식구들을 찾아 나섰는지 서넛씩 모여서 가고 있었다. 지장산 사택에 살면서 이렇게 하루에 세 번씩이나 사북을 오르내린 적은 한 번도 없었다. 다리가 뻐근했다.
 "수하야."

미영 언니가 앞서 가고 있었다.

"왜 눈이 통통 부었냐? 너, 울었구나?"

언니가 내 얼굴을 빤히 보고 물었다.

"아니야. 언니네 엄마 아빠도 없어?"

"아침에 갔는데 아직 안 오시네."

우리는 함께 산을 내려갔다. 폐석더미까지 와서 사북을 둘러보니 어디든 사람 천지였다. 사북 시내는 길이 워낙 좁아서 평소에도 차 두 대가 제대로 지나다니지를 못하는데, 그 좁은 길에 사람들이 개미 떼처럼 복닥거렸다. 벌써 어둠이 깔리기 시작하는데 어디 가서 엄마 아빠를 찾아야 할지 난감했다.

"일단 광업소 마당으로 가 보자."

우리는 사람들이 웅성거리는 광업소 쪽으로 내려갔다. 그러나 광업소 마당은 꽉 들어찬 사람들 때문에 도저히 안으로 들어갈 수가 없었다. 하는 수 없이 돌아서 시장통으로 갔다.

"어용 노조 지부장은 물러가라!"

"임금 인상 쟁취하자!"

사람들이 구호를 외치며 행진하고 있었다. 아침부터 저녁때까지 온종일 시위를 한 사람들의 몰골은 말이 아니었다. 우리도 사람들을 따라 구호를 외쳤다. 한참 소리를 치다가 생각하니 이상했다. 이 거리에는 온통 악을 쓰며 구호를 외치는 사람들뿐, 이 애타는 소리를 들어줄 사람은 하나도 보이지 않았기 때문이다.

"언니야, 누구 들으라고 지금 우리가 이렇게 악을 써 대는 거야?"

"글쎄……. 씨, 나도 몰라. 하늘이라도 듣겠지 뭐."

미영 언니가 확신 없는 대답을 하며 한숨을 내쉬었다.

나는 하늘을 올려다보았다. 높은 산에 둘러싸인 사북의 저 좁은 하늘은 이 많은 사람들의 애끓는 소리를 다 들어주지 못한 채 점점 어둠 속에 빠져들고 있었다.

"수한아, 일단 집에 가자."

"가만 있어 봐, 누나. 삼거리까지 가서 길이 넓어지면 앞쪽에서 엄마 아빠 찾아보자."

평소엔 겁쟁이던 수한이가 웬일로 고집을 피우며 앞으로 나아갔다.

사북 사람들 모두가 계속해서 걸어나가다 보면 탄가루가 날리지 않는 밝은 도시에 다다를 수 있을까? 할 수만 있다면 산 속에서 아가리를 벌리고 있는 괴물 같은 굴을 메우고, 저 게딱지 같은 집들을 모두 쓸어 버리고 온통 하얀 물감을 쏟아붓고 싶었다.

"엄마!"

수한이가 사람들 사이를 헤집고 앞으로 뛰어나가며 소리쳤다. 용케도 엄마를 본 모양이었다.

"집에 안 있고 왜 내려왔나?"

엄마가 깜짝 놀라서 소리쳤다. 수한이와 나는 엄마 손을 잡아끌었다.

"엄마, 이제 가자. 무섭다."

"수하야, 수한아! 엄마는 아빠 찾아서 같이 갈 테니까 너들 먼저 집에 올라가라, 얼른."

엄마가 사람들 물결에 휩쓸려 가며 다급하게 소리쳤다.

나는 수한이를 데리고 다시 집으로 발길을 돌렸다. 지장산을 오르면서 보니 아이들만 삼삼오오 모여 걸어갈 뿐 어른들은 하나도 보이지 않았다. 집에 돌아와서 양동이를 들고 수돗가로 나갔다. 늘 북적거리던 수돗가에도, 빨래터에도 사람들은 보이지 않았다. 우물 방송은 그쳤고, 가로등 불빛을 타고 흘러내리는 물줄기에는 찬바람만 감돌았다.

지장산이 마치 삽시간에 죽어 버린 것 같았다. 언제나 제자리에 있어서 친근했던 모든 것이 한순간에 사라진 허전함에 갑자기 목울대가 뻣뻣해지면서 속이 울렁거렸다. 남의 흉을 보고 머리끄덩이를 잡아뜯으며 뒹굴더라도 제자리를 지키고 있던 사람들이 사무치도록 소중하게 느껴졌다.

나는 우물 밑 하수도 밑을 뒤져 지난번에 내가 던져 버린 떠버리 아줌마의 파란색 고무 슬리퍼 한 짝을 주워들었다. 뒤축이 닳고 닳아서 삐뚜름해진 납작한 슬리퍼! 떠버리 아줌마는 이 슬리퍼를 신고 그 동안 얼마나 종종걸음을 치며 살았을까? 캄캄한 밤중에 을반 갔다가 늦어지는 남편을 마음 졸이며 기다릴 때도, 지장산을 수없이 오르내리며 수출품 뜨개질거리를 머리에 이고 나를 때도, 발뒤꿈치에 굳은 살이 박이는 것조차 모르고 살았을 것이다. 우리 엄마의 삶이 그렇듯.

'왜, 무엇 때문에 아줌마들까지 거리로 뛰어나간 걸까?'

나는 우물가에 앉아서 고무 슬리퍼를 깨끗이 씻었다. 그리고 불빛이 비치는 밝은 곳에 가만히 내려놓았다. 여전히 산 밑에서는 핏빛 같은 외침소리가 들려오고 있었다.

오늘 새벽에도 어제처럼 찢어지듯 메마른 목소리로 방송이 시작되었다.

"모든 노동자는 빠짐없이 나오시오. 안 나오면 회사 편! 모두 빠짐없이 나오시오."

방송과 동시에 우리 집 문을 두드리는 소리가 났다.

"수하야, 엄마 없다고 해라. 빨리!"

어젯밤 늦게 집으로 돌아온 엄마가 빨개진 눈을 비비며 재빨리 이불장 속으로 숨었다.

"수하 엄마, 얼른 나와요. 밤새 데모한 사람들 밥해 주러 내려갑시다."

바깥에서 아주머니들이 문을 두드리며 소리쳤다.

"엄마 없는데요."

나는 짐짓 자다 깬 척 눈을 비비며 나가서 문 앞에 모여선 아주머니들에게 말했다. 몸뻬에 덕지덕지 웃옷을 껴입은 아주머니들의 오종종한 모습이 몹시 지쳐 보였다.

"엄마 어디 갔나?"

"몰라요."

아주머니들이 문틈으로 엿보듯 방 안을 들여다보고는 옆집으로 갔다.

"엄마, 갔어. 나와도 돼."

"쉿!"

엄마는 이불장 안에서 손가락을 입에 대며 더욱 몸을 웅크렸다. 나는 당장이라도 누가 방으로 들어와서 이불장 문을 덜컥 열어젖힐 것만 같아서 마음이 불안했다. 창문으로 다가가 틈새에 눈을 대고 내다보았다. 쌀자루를 든 아주머니들이 이리저리 겅중겅중 뛰어다니고 있었다.

잠시 뒤에 우리 집 문을 요란스레 흔드는 소리가 났다.

"문 열어, 문."

엄마가 이불장 문을 더 꼭 닫았다.

"엄마 없나?"

이번에는 낯선 아주머니들이었다.

"예."

"너가 큰 바가지로 쌀 두 바가지만 퍼 오니라."

"쌀요?"

"그래, 데모하는 사람들 밥해 주려고 그런다. 자, 이 자루에다가 퍼 담아 온나."

나는 자루를 들고 부엌으로 가서 쌀을 퍼 담았다.

"엄마 오거든 광산 사무실 앞으로 밥하러 오라고 해라."
"예."
아주머니들이 쌀을 받아서 나간 뒤에도 문 밖에서는 발 소리가 그치지 않았다. 바람 소리가 웅웅거렸다. 연탄불이 잘 타고 있을 텐데도 방 안이 썰렁했다. 마음이 추우니 온 세상이 다 춥게만 느껴졌다. 어지럽게 들리던 발 소리가 조용해졌다.
"엄마, 나와도 돼. 숨긴 왜 숨어?"
"아이고, 나는 데모 같은 거 못 하겠더라. 어제 하루 따라다니면서 악을 썼더니 목도 아프고 다리도 아프고……."
엄마가 손짓으로 옆집을 가리키며 작은 소리로 말했다.
엄마는 문을 단단히 걸어잠그고 나하고 수한이를 꼼짝 못 하게 했다. 밥을 먹을 때도 옆집에 소리가 들리지 않도록 가만가만 먹었다. 세 식구 다 움직임만 있고 소리는 없는 허깨비 같았다.
"엄마는 아빠가 걱정도 안 돼? 밥 먹고 내가 나가서 아빠 찾아볼게."
"가만히 엎드려 있거라. 이 난리에 니가 어데 가서 아바이를 찾나?"
엄마는 혹 그림자라도 비칠까 봐 작은 방에서 꼼짝도 하지 않았다. 밥도 내가 차렸다. 엄마는 소리가 난다고 설거지도 못 하게 했다. 산 아래에서는 끊임없이 함성이 들려오는데 하루 종일 이불을 덮고 누워 있으려니 갑갑했다.

"엄마, 광산쟁이 아내가 비겁하게 이렇게 숨어 있어도 돼?"
"가시나가……."
갑자기 짜증이 났다. 멀찍이 떨어져서 방관자처럼 있던 오빠나 이렇게 숨어 있는 엄마, 그리고 이런 엄마를 숨겨 주고 능청맞게 거짓말을 하는 나. 서로 무엇이 다르단 말인가? 이런 내가 오빠를 비겁자라고 할 수 있을까?
하지만 나는 곧 이런 생각을 떨쳐 버리기로 했다. 어제의 그 불안과 공포 속에 막막했던 심정을 생각하면 지금 엄마가 옆에 있는 것이 너무나 다행스러웠다. 그리고 아직까지 오빠에 대한 내 감정은 딱히 무어라 정리할 수 없는 성질의 것이다.
우리 셋은 긴긴 하루를 보내고 저녁밥을 먹었다. 그런데 수한이가 밥을 먹다 말고 갑자기 배를 움켜쥐더니 부엌으로 나가 구역질을 했다.
"수한아, 체했나?"
수한이는 방바닥에 납작 엎드려서 끙끙 앓았다. 시간이 갈수록 더 아프다고 눈물을 뚝뚝 흘렸다. 한밤중이 되자 수한이는 배를 움켜잡고 데굴데굴 구르면서 울기 시작했다.
"엄마, 배 아파. 아이구 배야, 아이구!"
"수한아, 왜 그러나? 아이구, 열이 펄펄 끓네. 큰일났다."
"아이구, 배야. 아이구, 엄마."
수한이는 입술을 덜덜 떨며 뒹굴었다.
"수하야, 어쩌냐? 아무래도 병원에 가야겠다. 혹시 춘배 아재 올라왔나 가 봐라."

그러나 춘배 아저씨는 집에 없었다. 누구보다 핏대를 올리며 불평불만을 터뜨리던 아저씨가 지금 이 시각에 집에 있을 리가 없었다. 막막했다. 막 돌아서려는 순간, 어둠 속에서 말소리가 들리더니 이쪽으로 올라오는 그림자가 보였다. 나는 혹시나 하는 생각에 그림자 쪽으로 주춤거리며 나아갔다.

"아저씨!"

춘배 아저씨와 정욱 오빠였다.

"수하야, 왜 그래?"

내 목소리에서 다급한 낌새를 읽었는지 춘배 아저씨와 오빠가 동시에 물었다. 춘배 아저씨한테서 술 냄새가 확 풍겼다.

"갑자기 수한이가 아파서……."

춘배 아저씨와 오빠가 급히 우리 집으로 뛰어갔다.

"수한아, 왜 그러니?"

수한이는 온몸이 땀투성이가 되어 꺽꺽거리고 있었다. 춘배 아저씨가 등을 돌렸다.

"아저씨, 제가 업을게요."

"괜찮아, 빨리 업혀. 가다가 교대하든가 하고. 우리 수한이 아프다니까 술이 확 깨네."

춘배 아저씨가 수한이를 업고 뛰었다.

그 옆에서 정욱 오빠와 엄마 그리고 내가 함께 뛰었다. 산중턱까지도 못 내려가서 춘배 아저씨가 헉헉대며 숨을 몰아쉬었다. 이번에는 정욱 오빠가 수한이를 업었다. 그렇게 서로 몇 번을 번갈아 업고 뛰어서 고개를 내려왔다. 광업소 마당에는 불빛이 훤하고 사람들이 수백 명 모여 있었다. 아빠도 지금 저 사람들 틈에 있을 것이다.

"데모고 뭐고 딱 귀찮더라니."

엄마가 광업소 마당을 눈으로 훑으며 혼잣말을 했다. 엄마 말을 듣고 보니 나도 아찔했다. 엄마 아빠가 모두 데모하러 가고 없는데 수한이가 아팠다면 어떡했을까 하는 생각이 들었기 때문이다. 나는 수한이를 업고 뛰는 오빠의 목덜미를 힐끗거리며 올려다보았다.

어제 데모하는 사람들 틈바구니에서 주머니에 두 손을 찌르고 서 있던 오빠의 모습을 떠올리며 억지로라도 오빠를 비웃어 주고 싶었다. 그러나 오빠를 경멸하고 싶은 것은 내 생각의 일부일 뿐, 또다시 가슴이 콩닥거리기 시작했다. 말하자면 내 의지로는 오빠를 무지 미워하고 싶은데, 그래서 이 짝사랑의 그물에서 벗어나고 싶은데, 내 마음은 그런 내 의지와 전혀 상관없이 오빠 옆에 바짝 붙어 서서 오빠 냄새를 킁킁거리고 있는 것이다.

밤이 깊었는데도 동원보건원 응급실은 분주했다.

"급성 충수염입니다. 당장 수술해야 해요."

여러 가지 검사를 한 뒤 의사 선생님이 다급하게 지시했다.

"싫어, 나 수술 안 해."

수한이는 힘이 다 빠져서 노인네 같은 목소리로 말했다.
"수한아, 맹장이 터지면 복막염이 된다는데, 수술 안 하면 니 죽는다. 맹장 수술은 간단하다니까 조금만 참아."
엄마가 수한이 손을 꼭 쥐며 말했다.
"이놈아야, 너 살리려고 내가 죽자 사자 업고 뛰었는데 얼른 수술해서 나아야지 뭔 소리냐!"
춘배 아저씨가 옆에서 큰 소리로 말했다.
"수한아, 마취하고 수술하는 거라서 하나도 안 아파. 나도 고등학교 다닐 때 맹장 수술 했는데 금방 나았어. 수술하고 나면 금세 괜찮아져."
오빠가 땀으로 젖은 이마를 손으로 닦으며 수한이를 안심시켰다.
이윽고 수한이는 바퀴 달린 침대에 실려 수술실로 들어갔다. '출입 제한구역'이라는 붉은 글씨를 보니 수한이를 다시 만날 수 없을 것 같은 방정맞은 생각이 들면서 눈물이 났다. 춘배 아저씨는 아빠를 찾으러 다시 나가고, 오빠는 수술실 문 앞에서 우리와 함께 기다렸다. 한참 동안 그렇게 앉아 있다가 오빠와 눈이 마주쳤다. 오빠가 희미하게 웃었다. 나는 오빠 눈길을 피해 고개를 숙였다.
'아빠, 엄마, 수한이 그리고 오빠……'
그 순간 왜 내가 좋아하는 사람들의 순서를 정하고 있었는지 모르겠다. 지금 나에게 가장 소중한 사람은? 수한이가 수술을 받고 있는 지금, 오빠보다는 아빠와 수한이 그리고 엄마가 더 소중하다는 생각이 들었다. 역시 피는 물보다 진한가 보다.
'오빠는 나한테 있어도 되고 없어도 되는 존재인가? 그렇다면 지금까지 오빠를 생각하며 꿈꿔 온 것들은 다 뭐지?'
나는 얼른 머리를 흔들어 생각의 꼬리를 돌렸다. 지금 수술실 안에서 내 동생이 수술을 받고 있다. 오빠도 맹장 수술을 했다고 대수롭지 않게 말했지만, 수한이가 수술실로 들어가기 전에 엄마는 수술 도중 무슨 일이 생겨도 병원에서 책임지지 않는다는 각서에 손도장을 찍었다. 그리고 의사는 수술을 받다가 마취에서 깨어나지 못할 수도 있고, 수술 중에 예기치 못한 일이 일어나면 위험할 수도 있다고 했다. 몹시 불안했다. 제발 수술이 잘 되면 좋겠다.
'그래, 나쁜 일은 좋은 일의 친구야. 수술은 무사히 잘 끝날 거야. 아빠가 굴에 갇혔을 때도 그 때문에 내가 그토록 그리워하던 정욱 오빠가 우리 집에 왔고, 또 수한이가 수술을 받기 때문에 지금 오빠가 내 옆에 있을 수 있는 거야. 뭐야, 그럼 나한테 좋은 일은 다 정욱 오빠하고 상관 있는 거잖아. 오빠는 도대체 내게 뭘까?'
나는 또다시 가슴이 아릿해져 바깥을 향해 돌아서 있는 오빠를 물끄러미 바라보았다.
수한이가 회복실에서 정신을 차렸을 때에야 아빠가 춘배 아저씨와 함께 병실로 들어왔다. 엄마는 토끼처럼 발개진 눈으로 아빠를 원망스럽게 쳐다보았다.

"수한아, 니 수술 금세 끝나 버렸네. 나는 너 아빠 찾느라고 몇 시간을 헤맸다. 제천집에 들어앉아 있는 사람을 온 천지를 헤매며 찾아다녔으니. 술이 다 깼네."

춘배 아저씨가 목소리를 높여서 이야기를 했다.

"정욱이 고생했네. 춘배 자네도……."

수한이 손을 잡고 있던 아빠가 고개를 들어 눈인사를 했다. 수한이가 깨어난 것을 보자 긴장이 풀리면서 눈앞이 어찔했다. 의자에 기대어 설핏 잠이 들었는데 누가 내 어깨를 잡고 흔들며 깨웠다.

"수하야, 집에 가자."

오빠였다. 눈을 번쩍 뜨고 얼른 입가에 흐르는 침을 닦았다. 오빠는 다시 아빠 쪽으로 고개를 돌리고 물었다.

"아저씨, 회사일은 어떻게 되어 가나요?"

"글쎄, 오늘이 고비인 것 같네. 서로 한 치도 양보하지 않으니. 지난밤에 정선 경찰서장하고 광업소 소장이 동원탄좌 외부 귀빈 숙소에 있다는 소식을 듣고 사람들이 몰려가서 때려부수고 야단이 났었네. 우리는 대책 회의를 하고 있었는데, 나중에 들으니 사람들이 경찰서장과 형사들을 붙잡아 놓고 때리고, 지서까지 몰려가서 다 때려부수고 했다는구만……. 그 동안 개돼지 취급도 못 받던 설움이 한꺼번에 터져 나온 거지. 엊그제 경찰차가 사람들을 치고 내빼지만 않았어도 이렇게 크게 번지지는 않았을 텐데. 그놈들이 미쳤지. 아니, 사람들이 차를 가로막고 섰는데 그대로 치고 달아나는 게 말이 되냔 말이야. 근데 사람들도 그래. 맨정신으로 뭘 하든지 해야지, 개중에는 술 처먹고 소리나 꽥꽥 지르는 놈들도 있으니."

"어쨌든 수한이도 저렇게 수술을 하고 했으니 당신은 이제 꼼짝하지 말고 가만히 좀 있으소. 지장산에도 난리가 난 것 같던데……."

엄마는 수한이 수술을 빌미로 아빠를 잡아 둘 속셈인 듯했다.

"일단 정욱이 자네는 우리 수하 좀 집에 데려다 주게나. 이러다 우리 딸내미까지 병나겠네. 그리고 당신은 수한이 보고 있어. 나는 춘배하고 지금 가 봐야 하니까."

아빠는 굳은 얼굴로 명령하듯 말했다. 엄마는 기가 막히다는 얼굴로 아빠를 쳐다보며 뭐라고 하려다가 다시 입을 꾹 다물고 한숨을 쉬었다. 내가 보기에도 아빠를 말릴 수는 없을 것 같았다.

"아이고, 급하게 오다 보니 입던 옷 그대로네. 수하야, 집에 가서 한숨 자고 엄마 먹을 밥이랑 옷하고 양말 좀 챙겨서 내려와라. 정욱이 총각, 고생했는데, 수하 좀 부탁해요."

수한이는 잠이 들었는지 숨소리가 고르게 들렸다.

"그럼 당신, 수고하라고!"

"몰라요. 아들이 배를 째고 누웠는데도 아바이라는 사람이 매정하게 내버려두고 가다니……."

아빠를 쏘아보며 말을 잇지 못하는 엄마 눈에 설핏 물기가 어렸다.
수한이와 엄마를 남겨 두고 모두 병실에서 나왔다. 시장통을 지나면서 보니 가게 문은 굳게 닫혀 있고, 술 취한 사람들이 군데군데 서너 명씩 모여서 떠들고 있었다. 아빠와 춘배 아저씨는 안경다리에서 광업소 사무실 쪽으로 올라가고, 오빠와 나는 지장산 쪽으로 터덜거리며 걸었다. 밤을 새운 탓에 눈이 뻑뻑하고 어질어질해서 자꾸 허방다리를 짚었다. 금강산도 식후경이라더니 사랑도 내 몸을 추스르고 난 다음에나 생각해 볼 문제인지, 그토록 그리워하던 정욱 오빠가 옆에 있는데도 머릿속은 하얗게 빈 것 같았다.
"아얏!"
나는 중심을 잡지 못하고 휘청대다가 기어이 돌부리에 걸려 넘어지고 말았다.
"수하야, 조심해."
오빠가 재빨리 내 어깨를 잡아 일으켜 주었다. 문득 이대로 오빠 품에 안겨서 잠들고 싶은 충동이 일었다.
"수하야, 잠 오니?"
오빠가 내 손을 잡았다. 밀려오던 잠이 갑자기 한꺼번에 확 달아나고 숨이 멎는 것 같았다.
"야, 이렇게 수하 손 잡고 걸으니까 고향 생각 난다. 내 여동생도 너처럼 키는 큰데 비쩍 말라서······."

'치, 내가 겨우 오빠 여동생 정도밖에 안 되는 거야?'

오빠 손을 홱 뿌리치고 싶었지만 그게 생각대로 되지 않았다. 손바닥에 자꾸 땀이 배어서 왠지 창피하기도 했지만 오빠에게 손을 놓아 달라는 얘기는 못 했다. 언덕에 올라서자 오빠가 내 손을 놓고 서서 광업소를 내려다보았다.

"수하야, 저 사람들이 왜 저렇게 밤을 새우며 모여 있는지 아니?"

"글쎄요……."

"마음이 아파서 그래. 마음이 아픈 거야. 사람으로 태어나서 사람 대접을 못 받고 살면 마음이 아프잖아. 힘들게 일하면 일한 만큼 대우를 받아야 하고, 나라에 꼬박꼬박 세금 내고 사는데 국민으로 대접받아야 하잖아. 아니, 대접은 못 받더라도 최소한 무시당하지는 말아야지. 광부들은 배운 게 없고 가난해. 그렇다고 마구 억누르면 안 되지. 저기 모인 사람들은 참을 만큼 참았어. 월급 몇 푼 받자고 목숨을 걸고 일했어. 너무 짓눌려 살았어. 나도 우리 집이 가난해서 그저 돈만 벌면 된다는 생각으로 광산에 왔지만 여기는 정말 사람 있을 곳이 못 돼. 솔직히 말하면 여기 있는 게 죽기보다 싫고 창피해. 그런데 수하야, 오빠가 정말 마음이 아픈 이유는, 사람들이 저렇게 모여 웅성거리지만 그냥 참고 참았던 분을 때리고 부수면서 분출할 뿐 정당한 해결 방법을 모른다는 것 때문이야. 자신들의 처지를 앞에 나서서 당당하게 이야기할 줄을 몰라. 그리고 누가 나선다고 해도 저들의 엄청난 힘에 대항하기에는 너무 약해."
　오빠는 먼 하늘을 바라보며 또박또박 말했다.
　어느새 말간 해가 지장산 꼭대기로 떠오르고 있었다. 나는 오빠가 다시 좋아지기 시작했다. 방관자처럼 서 있던 오빠는 비겁해서 그런 것이 아니라 나름대로 현명하게 방법을 찾고 있었던 것이다. 이렇게 되고 보니 오빠가 더 멋있어 보이고 특별하게 여겨졌다.
　'이참에 고백해 버릴까? 오빠를 보고 첫눈에 반했다고. 오빠가 그리워 오빠 방 창문 앞을 서성이며 그리워했다고. 오빠 얼굴 볼까 싶어서 뻔질나게 물을 길러 다녔다고. 그리고 오빠 방 창에 꽃을 꽂아 둔 주인공이 나라고……'
　오빠는 내가 자기 말에 귀기울이는 줄 아는 모양이지만 지금 나는 가슴이 화들거리고 귓불이 달아올라서 정신을 차릴 수가 없다. 문제는 오빠가 이런 내 마음을 조금도 몰라준다는 것이다.
　광호와 어설프게 키스를 했던 길 옆에 이르렀다. 상상 속에서 오빠하고 입맞췄던 바로 그 곳이다.
　'그래, 기회는 지금이야. 이 기회를 놓치면 영원히 후회할 수도 있어.'
　나는 그 자리에서 돌아서서 생각에 잠겨 걸어오는 오빠의 눈을 그야말로 불타는 눈빛으로 바라보았다. 오빠와 내 눈이 마주쳤다. 내 강렬한 눈빛을 읽은 것일까? 오빠가 흠칫하는 듯

했다. 그러나 오빠는 두 팔을 번쩍 들어올리며 활짝 웃었다.
"내가 수하한테 별 소릴 다 하네. 아무한테도 이런 얘기 한 적 없는데. 정말 내 동생 같은가 보다."
오빠의 이 말에 낭만적인 분위기가 순식간에 사라져 버렸다.
'김수하, 그래도 지금밖에 없어. 미영 언니는 사랑하는 사람의 방문도 열었다는데. 지금 고백하는 거야, 빨리!'
"저, 오빠……!"
"알았어. 이런 얘기 싫다 이거지?"
'치, 또 딴소리. 바보야, 바보. 아니야, 내 눈과 오빠 눈이 마주쳤을 때 분명 서로 뭔가를 느꼈어. 오빠는 지금 애써 말을 돌리려는 거야.'
"오빠……."
'전 오빠를 좋아해요!'
목구멍에 딱 걸린 이 한마디 때문에 온몸이 덜덜 떨렸다. 오빠는 내가 부르는 소리를 들었을 텐데도 묵묵히 걷고만 있었다.
"좋아해요."
결국 나는 해냈다. 그런데 모기 소리만큼 작은 내 고백을 오빠는 들었을까? 나는 그 자리에 고개를 푹 숙이고 섰다. 그러나 오빠는 아무 말도 없이 계속 걸어갔다. 갑자기 모멸감이 밀려오면서 얼굴이 확확 달아올랐다. 죄를 지은 것도 아닌데 고개가 자꾸만 땅으로 꺼져 내려갔다. 이대로 멀리 달아나고 싶었다.

"수하야, 푹 자. 나중에 보자."

우리 집 앞에 이르렀을 때 오빠가 내 어깨에 손을 얹으며 말했다. 오빠와 또 한 번 눈이 마주쳤다. 분명 찰나에 불과했지만 왠지 시간이 그대로 멈춘 것 같았다. 이건 내가 스스로에게 주는 암시인지는 모르지만, 아까 올라올 때 마주친 눈빛과 지금 마주친 눈빛은 달랐다. 지금은 둘만의 어떤 짜릿한 느낌이 있었다. 나는 문 앞에 서서 오빠의 등을 바라보았다. 그제야 마음이 가라앉으면서 포근한 행복감이 밀려왔다.

12

하늘이 온통 잿빛이다. 머릿속이 붕 뜬 것처럼 어질거리고 속이 메스꺼웠다. 나는 자리에 누운 채 오빠와 오늘 새벽에 있었던 일을 생각했다. 아련한 기쁨이 가슴에 차올랐다.

얼마나 잤을까? 고막을 찢는 듯한 소리에 놀라 눈을 떴다.

"엉터리 노조 몰아내고 임금 인상 쟁취하자. 모든 노동자는 빠짐없이 나오시오."

오늘이 사흘째, 여전히 아침 공기를 가르며 날카로운 목소리가 동네에 울려 퍼졌다.

"여러분, 모두 나와서 데모하러 갑시다. 광부들도 사람이라는 것을 꼭 보여 줍시다. 더 이상 밟히고 살지 맙시다. 힘을 냅시다."

빽빽거리던 확성기 소리가 점점 더 크게 울렸다. 아니, 울리는 게 아니라 숫제 발악을 하듯 악악거렸다. 한참 지나자 악을 쓰던 목소리도 지쳤는지, 이번에는 노래가 나왔다. 흘러간 유행가였는데, 온 동네가 흘러나오는 노래에 휘감겨 빙빙 돌아갈 것처럼 소리가 컸다.

'그래, 다 뒤집어 버려라. 광부들도 사람이다.'

처음에는 짜증스럽던 소리가 어느새 내 속에 뭉쳐 있던 것들을 후련하게 끄집어내는 것 같았다. 뭐라고 표현할 수는 없지만 속에서 꽉 막혀 있던 것들이 한꺼번에 밖으로 뿜어져 나오는 듯한 쾌감이 느껴졌다.

아침을 먹자마자 엄마 옷과 도시락을 챙기고 있는데 미영 언니가 잔뜩 흥분해서 들어왔다. 엄마가 병원에 있었기에 망정이지 집에 있었다면 미영 언니를 불러들였다고 또 혼날 뻔했다. 언니는 정말 눈치가 없다.

"수하야, 어젯밤에 난리가 났었대. 데모하러 나온 사람들이 천 명도 넘었는데, 사람들이 몰려다니면서 광업소 사무실이랑 노조 지부 사무실이랑 간부들 집을 모조리 박살냈대. 회사 차들도 모조리 박살나고, 중앙 사택하고 새마을 사택 사람들은 밤새 야단이었나 봐."

"언니도 갔었어?"

"아니, 우리 아빠가 그랬어. 저 방송 들어 봐. 이 동네 아줌마들도 야단이야. 떠버리 아줌마는 데모하러 안 나가고 집에 있는 사람은 잡아뜯어 놓는다고 소리소리 지르더라."

미영 언니는 마치 주말 연속극 줄거리를 들려주는 것처럼 신이 나서 이야기했다.

막 집을 나서려는데 바쁜 발걸음 소리가 들리는 것과 동시에 누가 문을 열었다. 아줌마들이었다.

"너 엄마는 어디 갔나?"

"동생이 수술해서 병원에요."

아주머니들은 내 대답이 끝나기도 전에 횡하니 나갔다. 모두들 흥분해 있어서 얼굴빛이 벌겋게 보였다. 내가 나서자 미영 언니도 사북으로 내려간다고 따라 나섰다.

"언니, 나 정욱 오빠한테 고백했다."

"정말? 언제?"

"오늘 새벽에, 병원에서 오는 길에."

"어떻게? 오빠가 뭐래?"

"아무 말 안 했어."

"고백했는데도?"

"오빠가 못 들었는지도 몰라. 내 목소리가 작아서."

"어휴 빙신, 좀 똑똑하게 말하지."

미영 언니가 아쉬운 듯 말하며 내 등을 쳤다. 그러나 나는 자꾸만 실실 웃음이 나왔다.

저 밑으로 내려다보이는 광업소 앞 계곡에서 연기가 피어오르고 있었다. 솥을 걸어 놓고 밥을 하는 모양이었다. 안경다리까지 오니 사람들이 얼마나 많이 모였는지 머리통만 새까맣게 보였다. 병원에서 기다릴 엄마를 생각하면 마음이 급했지만 어떻게 뚫고 나갈 길이 없었다.

"와!"

이번에는 광업소 마당에 있던 사람들이 한꺼번에 몰려나오며 소리를 쳤다. 미영 언니가 내 손을 꼭 잡고 얼른 옆으로 비켜섰지만, 사람들이 앞으로 내달리면서 내 손에 쥐고 있던 보따리를 툭 치고 지나가는 바람에 보따리가 바닥에 떨어졌다. 그러나 아프리카 초원의 코끼리 떼처럼 한없이 몰려오는 사람들 틈을 헤치고 도시락 보를 줍는다는 것은 몹시 위험한 일이었다. 사람들이 몰려가는 곳마다 땅바닥에 쌓여 있던 탄가루가 날아올라 앞이 자욱했다.

"언니, 내 보따리 어떡해?"

"지금 보따리가 문제냐?"

언니는 내 손을 잡아끌고 사람들 뒤쪽으로 나왔다. 사람들이 점점 불어나고 있었다. 사북에 사는 사람들은 다 모인 것 같았다. 이윽고 사람들이 안경다리 밑에서 모두 빠져나가자 나는 두리번거리며 보따리를 찾았다.

"야, 저기 있다!"

미영 언니가 역 앞으로 올라가는 오르막길을 가리켰다. 사람들 발길에 차인 보따리가 거기까지 올라가 있었다. 나는 얼른 뛰어가 도시락 보를 집어 들었다. 얼마나 밟히고 밟혔는지,

밥과 반찬이 옷가지에 뒤섞이고 보자기는 탄가루로 범벅이 되어 있었다. 병원에서 목이 빠져라 기다리고 있을 엄마를 생각하니 속이 상했다.
"씨, 우리 엄마 도시락 내놔. 내놓으란 말이야!"
나는 아무 소용 없다는 걸 잘 알면서도 사람들 뒤통수에다 대고 고래고래 소리를 질렀다.
"수하야, 광업소 앞에 가면 밥 얻을 수 있을 거야."
"언니 꼴 좀 봐, 히히히……."
"수하 너도, 히히히히."
탄가루가 얼굴로 날아오른 탓이기도 했지만 탄가루 묻은 손으로 얼굴을 문질렀는지, 미영 언니나 나나 영락없는 거지꼴이었다. 우리는 서로 마주 보며 웃었다.
"수하야, 이게 전쟁이냐?"
"전쟁? 나도 몰라."
"왜 전쟁이 났냐?"
"억울해서."
"누가 이겼냐?"
"글쎄, 우리가 이긴 거 아닌가?"
언니와 나는 서로 눈이 마주치자 또 웃었다. 그렇게 한참을 웃었더니 눈가로 물기가 흘러내렸다.
우리는 하늘을 올려다보며 중얼거렸다.
"아이고 참, 모두가 불쌍해!"

"불쌍해!"

자욱한 탄가루 사이로 보이는 4월의 푸른 하늘에는 흰구름이 둥실 떠 가고 있었다.

"수하야, 따라와."

미영 언니가 광업소 사무실 앞 쪽으로 뛰어갔다. 아주머니 몇 명이 큰 솥을 걸어 놓고 밥을 하고 있었다.

"아줌마, 밥 좀 주세요."

"아이고, 꼴 좀 봐라. 너들도 데모했나?"

"그게……."

"예."

내가 우물쭈물하자 미영 언니가 내 옆구리를 쿡 찌르며 얼른 대답했다. 아주머니가 우리 얼굴을 힐끔 보고 혀를 끌끌 차면서 밥을 그릇에 퍼담았다.

"그래, 너들도 같이 해야지. 이게 어디 남의 일이가."

"앗, 잠깐만요……."

내가 미처 말하기도 전에 아주머니는 밥이 담긴 그릇에 국을 퍼부었다. 미영 언니가 밥그릇을 빤히 내려다보더니 나에게 눈짓을 하고는 그릇을 두 손으로 움켜쥔 채 뛰기 시작했다. 나도 언니를 따라서 뛰었다.

"아니, 저 가시나들이 미쳤나? 야, 이년들아!"

그 자리에서 먹을 것도 아니면서 고맙다는 인사도 없이 달아나는 언니와 내 뒤꼭지로 욕설이 날아왔지만, 우리는 턱에 숨이 차도록 헉헉거리며 쉬지 않고 달렸다.

"언니, 왜 뛰고 그래?"

뜨거운 국물이 쏟아져서 미영 언니 손가락이 빨갰다.

"야, 우리가 밥그릇 가지고 병원 간다고 해 봐. 안 믿을 거야. 그릇째 가지고 토끼는 게 제일이지."

"아유, 정말 못 말려!"

언니와 나는 김이 솔솔 오르는 밥그릇을 들고 바삐 걸었다. 그러나 병원으로 내려가는 길목 미장원 앞에서 사람들 때문에 또 막혀 버렸다. 좁은 도로에서 막히니 어떻게 빠져나갈 도리가 없었다.

"뒤로 돌아가자!"

언니가 앞서 가며 말했다. 개천으로 돌아가자는 소리였다. 다른 길이 없어서 따라가긴 했지만 시장통 뒤로 흐르는 개천물은 완전히 똥물 시궁창이라 냄새가 지독했다. 상인들이 거기에 온갖 오물과 쓰레기를 버리기 때문이다. 구역질이 났다. 하지만 어쩔 수 없었다. 미영 언니와 나는 오물을 피해 가면서 뛰었다. 어떡하든 엄마한테 가야 했다.

간신히 병원에 도착하니 밥은 허옇게 불어서 완전히 개밥이 되어 있었다. 불어터진 밥알에 군데군데 고춧가루가 붙어서 도저히 먹을 수 없을 것 같았다.

"아이고, 밥이 이게 뭐냐? 꼴들은 그게 뭐고?"

그러잖아도 내가 미영 언니와 같이 온 것이 마뜩찮은 엄마는 눈꼬리를 치켜뜨며 야단을 쳤다.

"엄마는, 우리가 이거 가지고 오느라고 얼마나 힘들었는 줄 알기나 해?"

"힘들고 뭐고, 니 지금 집에서 오는 길 아니나?"

"집에서 오지 그럼 어디서 와? 우리가 밟혀 죽을 뻔한 것도 모르고."

내가 씩씩거리자 그제야 엄마는 사정을 대강 짐작한 모양이었다.

"아이고, 너 아바이는 뭘 하는지……."

"아줌마, 제가 밥 데워 올게요. 왜 병원에서는 환자 보호자들 밥은 안 주나 몰라?"

미영 언니가 밥그릇을 들고 나갔다.

"이 가시나야, 너 자꾸 저 가시나하고 어울려 다닐끼가, 으이?"

엄마가 주먹으로 내 머리를 쥐어박았다.

수한이는 아직도 링거 병을 두 개나 매달고 반듯하게 누워 있었다. 잠시 뒤 미영 언니가 병원 식당에서 얻었다면서 밥하고 반찬 몇 가지를 쟁반에 담아서 가져왔다.

병원 밖에서도 사람들의 고함 소리가 끊임없이 들려왔다. 창문 밖에는 사람들이 고한으로 나가는 도로 중간에 갱목으로 바리케이드를 치고 있었다. 고한 쪽에서 오던 차들이 바리케이드를 넘지 못하고 다시 돌아가거나, 차에서 내린 사람들이 길을 막고 지키는 사람들에게 뭐라고 이야기하면 이쪽에서 차가 지나갈 수 있을 만큼 길을 터 주기도 했다.

"언니야, 이제 기차도 못 다니고 차도 못 다니면 사북은 어떻게 되나?"

"뭘 어떻게 돼? 다 같이 죽는 거지 뭐."

"에이, 설마?"

미영 언니의 대답에 나는 아빠가 걱정되었다. 사람들한테 귀동냥으로 주워들은 이야기로는 이번 데모로 사람들이 많이 다쳤다고 했다.

"너들은 절대 나가지 마라. 이럴 때 돌아댕기면 죽는다."

밥을 다 먹은 엄마가 창문께로 다가와 밖을 내다보며 말했다. 미영 언니가 재빨리 빈 쟁반을 들고 나갔다.

"아는 괜찮은데 왜 더러운 소문이 났는지 몰라."

엄마가 미영 언니 뒤꼭지를 물끄러미 바라보며 말했다. 미영 언니가 '가시나'에서 '아'로 변한 것을 보면 밥 한 그릇의 뇌물이 엄마에게 통한 모양이었다. 어른들은 자기들과 전혀 상관 없는 일도 소문만 듣고 사람을 욕하는 데는 선수다.

"아줌마, 큰일났어요. 사람들이 그러는데요, 뭐라더라, 맞다, 공수부대요. 간첩 잡는 공수부대가 사북 사람들을 잡으려고 곧 몰려올 거래요. 사람들이 같이 싸워야 한다고 무기고 쪽으로 몰려가고 야단이래요."

미영 언니가 헐레벌떡 뛰어들어오며 말했다.

"아이고, 이를 어쩌나! 수하야, 니 수한이 옆에 좀 있거라. 아무래도 엄마가 나가서 너 아바이를 좀 찾아봐야겠다."

"싫어. 차라리 내가 갈래. 엄마가 수한이 옆에 있어."

엄마가 수한이와 나를 번갈아보며 안절부절못했다.

"광업소 책임자는 사퇴하라!"

"임금과 상여금을 인상하라!"

"광부들도 사람이다. 인간답게 살고 싶다!"

밖에서 들려오는 구호 소리가 유리창을 흔들었다. 구호를 외치며 지나가는 사람들은 어림짐작으로도 삼사천 명은 넘어 보였다. 아직 어린 아이들도 어른들 틈에 끼여 있었다. 행진하는 모습도 각자 다 달랐다. 맨주먹을 쥐고 흔드는 사람, 태극기를 들고 걸어가는 사람, 아이를 업은 아주머니, 연탄집게며 곡괭이, 삽자루, 막대기를 든 사람 등 시위대는 그야말로 오합지졸처럼 보였다.

"저게 누구나?"

엄마가 유리창에 이마를 바짝 대고 말했다. 자세히 내려다보니 사람들이 어떤 아주머니를 질질 끌다시피 하며 앞장세워 걸어가고 있었다. 아주머니는 윗옷 앞섶이 풀어진 채 머리는 산발을 하고 있었다. 아주머니의 얼굴은 멀리서 봐도 고통으로 일그러져 있었다.

"아이고, 저게 노조 지부장 마누라 아닌가베."

같은 병실에 있던 아주머니가 소리쳤다.

"노조 지부장 마누라가 뭔 죄가 있다고. 끌고 다니려면 노조 지부장을 끌고 다녀야지."

"노조 지부장이 달아났으니까 마누라를 끌고 다니겠지. 그래도 저건 너무하는 거 아닌가베."

아주머니를 끌고 가는 시위대의 앞줄이 저만큼 멀어졌다. 그 뒤를 따르는 사람들의 대열에는 아주머니들과 아이들이 더 많이 눈에 띄었다. 땟국이 졸졸 흐르는 아이들이 장난치며 뒤를 따르는 모습은 우습기도 했다.

"아줌마, 우리도 나갔다 올게요."

미영 언니가 황급히 내 손을 잡아끌며 말했다.

"수하야, 그럼 니는 병원으로 오지 말고 집에 올라가거라. 혹시 아빠가 집에 오면……."

엄마의 뒷말이 귀에 다 들어오기도 전에 미영 언니와 나는 병실을 나왔다. 방금 지나간 시위대를 따라가야 할지 아니면 안경다리나 광업소 마당으로 가 봐야 할지, 언니와 나는 잠깐 망설였다.

나는 일단 시위대를 따라가야 할 것 같아서 미영 언니에게 눈짓을 보냈다. 언니도 나와 같은 생각이었는지 사람들이 지나간 길 쪽으로 뛰었다. 그러나 얼마 가지 않아서 앞선 사람들이 웅성거리며 되돌아오고 있었다. 하긴, 조금 더 가면 사북을 벗어나 고한으로 가는 길목이다.

언니와 나는 사람들을 따라서 다시 돌아섰다. 사북은 참 좁기도 하다. 사북의 이쪽 끝에서 저쪽 끝까지, 시위대는 아무 생각도 없는 로봇처럼 몇 번이나 돌아서 걷고 또 걸었다. 나와 미영 언니도 몇 시간을 그렇게 걸었을까. 둘 다 배에서 꼬르륵 소리가 났다.

"수하야, 나 따라와!"

미영 언니가 시장 골목으로 들어가더니 중국집 문을 두드렸다. 중국집 문 앞에 세워둔 자전거를 보니 알 것 같았다. 미영 언니가 이 자전거에 철가방을 싣고 다니는 모습을 몇 번 본 적이 있으니까.

"누구세요?"

"나야, 이미영."

문이 열리고 미영 언니 또래의 오빠가 부스스한 머리를 긁적이며 나왔다. 언니는 손짓으로 나를 불렀다. 좁은 식당 안에는 식탁이 몇 개 놓여 있고, 식탁 위에는 음식을 먹던 그릇이 아무렇게나 널브러져 있었다.

"야, 배고파 죽겠다. 짱깨 안 하나?"

"며칠째 가게 문도 못 여는데 짱깨가 다 뭐냐?"

"그럼 아무거나 먹을 것 좀 주라."

"알았어. 기다려!"

그 오빠가 주방으로 들어가자 미영 언니가 재빨리 말했다.

"쟤, 내 친구야. 여기 중국집 아들이고. 저 자식도 일찌감치 학교 때려치우고 짱깨 배우잖아."

중국집 오빠가 주방에서 금세 만두를 들고 나오며 말했다.

"야, 웃기지 않냐? 폭도란다, 폭도! 방금 라디오에서 뉴스가 나왔는데, 사북에서 폭도들이 폭동을 일으켜서 노조 지부장 아내를 린치했다고 그런다."

"뭐? 폭도? 린치는 또 뭔데?"

"하여튼 웃긴다. 광산쟁이들을 폭도라고 하다니. 몸뻬 입고 싸우는 아줌마들도 폭도란다. 어이가 없어서……."

"그래, 오늘 하루 종일 데모한 나랑 얘도 폭도다, 폭도, 히히히."

미영 언니는 히히거렸지만 나는 만두를 입에 넣기도 전에 속이 얹히는 것 같았다. 춘배 아저씨 말이 맞다. 아빠가 아무리 엄연한 민주주의 국가의 법을 들먹여도 그 나물에 그 밥이다. 모두가 사택촌 이웃사촌인 광부들과 그 가족들이 폭도라니, 정말 사북 사람들 불쌍하다. 아까 미영 언니에게 우리가 이겼다고 괜히 말했다. 사북 사람들은 모두 졌다!

만두를 먹고 나서 미영 언니는 중국집 오빠한테 담배를 얻어 입에 물었다. 나는 속이 갑갑해서 더 이상 참지 못하고 밖으로 나왔다. 미영 언니가 나를 쫓아 나왔다.

길거리도 야단이었다. 가게마다 문이 활짝 열려 있고, 주인이 있는지 없는지 술 취한 사람들이 제멋대로 술과 안줏거리를 들고 나왔다. 가게 앞에서는 낮술에 취한 사람들이 서로 부둥켜안고 뒹굴고 비틀거리며 욕지거리를 해대고, 엉켜 싸우느라 엉망진창이었다.

"어이 아가씨, 어이!"

"미친 놈들."

어떤 아저씨가 술에 취해 게슴츠레 풀린 눈으로 우리를 바라보며 혀 꼬부라진 소리를 하자, 미영 언니가 짧게 내뱉었다. 우리는 뒤도 돌아보지 않고 걸음을 재촉했다. 한쪽에서는 인간답게 살고 싶다고 피 튀기며 데모하고 있는데, 다른 한쪽에서는 고주망태가 되도록 술독에 빠져서 헤롱거리는 인간들이 길바닥에 널려 있다. 경찰들은 쫓겨 달아났고, 공무원들은 겁이 나서 도망쳐 버렸다. 이제 술을 퍼마시고 때려부수고 행패를 부린들 누구 하나 막을 사람이 없다. 사북은 진짜 무법천지가 된 것 같았다.

사북 지서 앞까지 왔을 때 확성기 소리가 들렸다.

"여러분, 지금 공수부대가 우리 사북 사람들을 진압한다고 원주까지 왔다는 소식이 들립니다. 이렇게 가만히 있다가는 우리 다 죽어요. 남자들은 다 이쪽으로 모여 주시고, 아주머니들과 아이들은 집으로 돌아가시기 바랍니다."

사람들이 웅성거리더니 아저씨들이 한쪽으로 갈라서고, 아주머니들과 아이들은 하나 둘 흩어지기 시작했다.

"여러분, 무기고로 갑시다. 여차하면 무기라도 꺼내서 대항해야지요."

"광산 화약고는요?"

"화약고도 지켜야지요. 화약고 터지면 사북 사람들 다 죽어요."

키가 작달막한 아저씨가 큰 소리로 말했다. 나는 무기라는 말을 듣자 갑자기 등줄기가 서늘해지면서 전쟁 영화에서 본 장면들이 떠올랐다.

"언니, 공수부대가 그렇게 무서워?"

"나도 잘 몰라. 간첩 잡는 부대래."

곧 큰일이 벌어질 것 같은 두려움에 가슴이 쿵쿵 뛰었다.

나는 아빠를 찾으려고 광업소 사무실 쪽으로 곧장 뛰었다. 광업소 마당에는 폭격을 맞은 것처럼 자동차, 사무 집기, 서류 뭉치들이 박살이 난 채로 널브러져 있었다. 사람들 사이를 부지런히 비집고 다녔지만 아빠는 보이지 않았다.

"언니야, 고만 집에 가자."

나는 언니와 함께 집을 향해 걸었다. 철길가에는 엊그제 경찰과 일대 혈전을 벌인 현장답게 검은 돌멩이와 갱목이 널려 있어서 발 디딜 틈이 없었다. 지장산으로 올라가는 길은 시위에 참가했던 아주머니들이 무리지어 올라가며 서로 겪은 이야기를 하느라 떠들썩했다.

"하루가 꼭 십 년 같다, 야."

미영 언니는 다리에 힘이 풀리는지 돌 위에 앉아서 다리를 주먹으로 토닥였다. 나도 다리가 흐물거렸다. 언니 옆에 앉아서 나도 다리를 주물렀다.

"씨발, 사북 사람들을 폭도라고 한다는데 데모는 왜 자꾸 하는 거야?"
"나도 몰라."
"뭘 몰라?"
"모르니까 모르지."
"그래 몰라다. 너도 모르고 나도 몰라다. 씨발, 이제 이놈의 데모 끝났으면 좋겠다."
미영 언니가 한숨을 내쉬며 픽 웃었다.
길 옆에 보이는 숲에서는 키다리 낙엽송들이 바늘 같은 새잎을 삐죽이 내밀고 있었다. 다시 일어나 걸었다. 앞서 가는 사람들 중에 광호가 보였다. 광호도 아이들과 함께 데모를 하고 오는 길인가 보다. 나는 광호와 마주치지 않으려고 일부러 천천히 걸었다.
집 앞에 이르니 광호가 우리 집 쪽을 기웃거리며 서 있었다.
"야 인마, 수하 마음은 콩밭에 가 있어. 꿈 깨라, 꿈 깨!"
미영 언니가 광호 어깨를 손으로 치며 농담을 하자 광호가 얼굴이 빨개져서 뛰어갔다. 광호는 이 난리통에 내가 걱정스러웠던 모양이다.
나도 그제야 정욱 오빠가 걱정이 되었다. 미영 언니와 헤어진 뒤 나는 오빠네 집 쪽으로 걸어갔다. 오빠가 보고 싶었다. 집 앞을 천천히 걸으며 귀를 기울였지만 아무 소리도 들리지 않고 잠잠했다. 하는 수 없이 집으로 돌아와서 대충 밥을 챙겨

먹고 누웠다. 밥그릇을 들고 뛰던 개천가 시궁창 냄새, 끌려가던 노조 지부장네 아주머니의 고통스런 모습, 술 취한 사람들의 핏발 선 눈, 폭도로 몰린 사북 사람들! 모두가 악몽 같았다.

13

어린 수한이가 아장아장 걸어와서 내 손을 잡았다.
"누나, 아빠한테 가자, 응? 아빠한테 가."
"싫어, 나는 안 가."
수한이가 그 자리에 앉아서 앙앙 울었다.
깜짝 놀라 깨어 보니 꿈이었다.
'혹시 아빠한테 무슨 일이라도?'
불안한 마음에 자리에서 일어나 밖으로 나갔다. 날은 벌써 어두워지고, 혼자서는 도저히 사북에 내려갈 엄두가 나지 않았다. 내려간다고 해도 그 많은 사람들 속에서 아빠를 찾을 수 있을 것 같지 않았다.
집으로 다시 들어가려다가 오빠가 생각나 오빠네 집 쪽으로 발길을 돌렸다. 문 소리가 드르륵 나더니 오빠가 나왔다. 나는 얼른 돌아섰다. 오빠는 나를 보지 못했는지 그대로 걸었다. 나는 오빠 뒤를 살금살금 따라갔다.

오빠는 산 밑에 있는 가게를 지나서 좁다란 길을 돌았다. 거기에는 동원교회라는 작은 개척 교회가 있다. 오빠가 교회 문을 열고 안으로 들어갔다. 나는 궁금했지만 들키면 창피할 것 같아 밖에서 머뭇거렸다. 예배당 안으로 들어간 오빠는 한참 동안 나오지 않았다. 문을 빼꼼 열고 안을 들여다보았다. 예배당 안에는 지난 겨울에 피우던 연탄난로가 그대로 놓여 있었다. 오빠는 텅 빈 예배당 중앙에 무릎을 꿇고 엎드려 있었다. 갑자기 엊그제 데모하는 사람들 뒤에 서 있던 오빠 얼굴이 떠올랐다. 그리고 또 오늘 새벽에 오빠가 해준 이야기도 생각났다.

'흥, 도대체 오빠의 정체는 뭐야……?'

내 마음은 카멜레온처럼 참 변덕스럽기도 하다. 오늘 새벽만 해도 오빠 손을 잡고 걸으며 숨이 꼴깍 넘어갈 만큼 좋아했으면서, 이렇게 또 오빠를 의심하고 있다니.

'그래도 이건 솔직히 비겁한 거야. 사람들은 지금 공수부대가 들이닥친다고 싸우자고 야단인데.'

나는 내 고백과 연결시키지 않고 오빠를 미워할 정당한 이유를 찾기 위해 혼자서 중얼거렸다.

'하지만 오빠도 데모하러 갔다가 왔는지도 모르잖아. 아니야, 우리 아빠도 돌아오지 않았어. 사람들은 밤을 새우며 사북

을 지킬 거야. 오빠는 종일 집에 있었던 게 분명해.'

나는 나름대로 생각을 정리하며 돌아섰다. 산 위에서 불어 내려오는 밤 바람이 찼다. 아래쪽에서 사람 그림자 하나가 올라오고 있었다. 나는 얼른 예배당 뒤로 숨었다. 입삐뚤이 할머니였다. 할머니가 예배당 문고리를 잡은 채 허리를 펴고 숨을 고르느라 입을 벌리자, 한쪽으로 돌아간 입이 더 돌아가서 입술이 귀밑에 걸렸다. 나는 웃음이 나왔지만 얼른 입을 막았다.

"내 주를 가까이 하게 함은……. 십자가 짐 같은……."

잠시 뒤 입삐뚤이 할머니가 부르는 찬송가 소리가 나지막이 들려왔다. 나는 문틈으로 다시 한 번 오빠를 훔쳐보았다. 오빠는 그 자리에 얼어붙은 듯 여전히 꼼짝하지 않고 있었다.

'오빠는 비겁해!'

갑자기 눈물이 핑 돌았다. 이런 것을 애증이라고 하는 걸까? 집으로 돌아왔지만 내 마음은 오빠가 엎드려 있는 예배당에 머물러 있었다. 다시 예배당으로 갔다. 문틈으로 안을 들여다보았다. 오빠는 아직도 똑같은 자세로 엎드려 있었다. 나는 그냥 집으로 내려와 버렸다.

'비겁해! 비겁해! 비겁해……!'

하지만 마음속으로 아무리 욕을 해대도 내 마음은 어느샌가 오빠를 향하고 있었다. 허겁지겁 또다시 예배당으로 올라갔을 때는 오빠가 그 자리에 없었다. 쓸쓸한 발길에 찬바람이 스쳤다.

아빠가 문을 열고 들어오는 꿈을 꾸었다. 아니, 아빠 같기도 하고 오빠 같기도 했다. 눈을 번쩍 떠 보니 천장에 매달린 백열등이 뿌옇게 비치고 있었다. 나는 그렇게 자다 깨다 하며 혼자서 긴 밤을 보내고 새벽같이 일어났다.

오늘 아침에는 엄마가 이 딸을 믿을 수 있도록 잘 챙겨서 병원에 갈 참이었다. 어제 수한이가 우는 꿈을 꾼 뒤로 아빠가 걱정되어 불안했는데, 왠지 병원에 가면 아빠 소식도 들을 수 있을 것 같았다. 쌀을 씻다 보니 물이 모자랐다. 나는 양동이를 들고 수돗가로 나갔다. 이른 새벽인데도 수돗가에서 사람들 말소리가 들렸다.

"뭔 지랄로 데모는 하고 그라나. 없는 놈들이 그저 죽었다 하고 시키는 일이나 하면 되지. 내사 마 이러다가 일자리 잃고 쫓겨날까 봐 솔직히 걱정이다."

"맞다. 노조 지부장이 구워 먹든 삶아 먹든 그건 지들 알아서 할 일이고 월급이나 받으면 안 되나."

"아따, 그런 쓰잘데없는 소리 말더라고잉. 하루를 살아도 사람이 사람맨코롬 살아야제, 언제꺼정 짐승맨코롬 살려고 그런 소릴 한당가."

"탄값은 자꾸 뛴다는데 월급은 쥐꼬리만큼 주고 다 처먹는 그놈들이 나쁜 놈들이지. 어쨌든 사람들 불평불만이 하늘을 찌르는데, 한 번은 터져야 할 일이야."

"딴소리 말어. 데모하는 놈들, 내 남편부터 다 미친 놈들이

여. 광산이 싫으면 떠나면 될 거 아니냔 말이여."

"그래도 그런 소리를 하면 안 되지라. 다 살아 보려고 하는 일인데……."

우물 방송은 찬반으로 갈라져 새벽부터 열띤 토론을 벌이고 있었다.

집에 와서 밥과 반찬을 부지런히 챙겨 가지고 밖으로 나오니 안개가 자욱했다. 나는 뿌연 안개 속을 헤치며 바삐 걸었다. 광업소 옆 냇가 쪽에서는 어제처럼 밥하는 연기가 피어오르고 있었다. 안경다리까지 내려와도 사람들은 눈에 띄지 않았다. 길에 떨어진 돌과 갱목만이 그대로 길을 메우고 있었다. 시장통에는 밤새 술을 먹었는지 길바닥에 늘어져 자고 있는 사람들도 있고, 불빛이 훤한 가게 안에 들어앉아 맥없이 꾸벅꾸벅 졸고 있는 사람들도 있었다.

"미친 놈들!"

나는 술 취한 사람들 옆을 지나가며 어제 미영 언니가 했던 것처럼 중얼거렸다. 어제와 달리 오늘은 병원에 도착할 때까지 길이 전혀 막히지 않았다.

"아이고, 우리 딸이 아침 일찍도 왔네."

의사 선생님은 이미 회진을 끝내고 병실을 나서고 있었다. 엄마가 부스스한 머리를 위로 쓸어올리며 나를 반겼다. 나는 엄마가 밥을 먹는 동안 수한이 침대 밑에 딸려 있는 간이 침대를 끌어내어 그 위에 누웠다. 오빠 때문에 예배당을 여러 번 오르내린데다가 밤새 나쁜 꿈에 시달리고, 새벽부터 긴장하고 걸어왔더니 몹시 피곤했다.

"수하야, 저게 뭐냐? 니 내려가서 한 장 주워와 봐라."

엄마가 흔드는 바람에 눈을 떴다. 얼마나 곤하게 잤는지, 눈앞이 아득한 게 여전히 비몽사몽이었다.

헬리콥터가 날아가면서 뿌린 하얀 종이들이 큼직한 눈송이처럼 팔랑거리며 떨어졌다. 나는 병원 마당에 떨어진 종이를 한 장 주워서 올라왔다.

"협상하자는 거구만."

엄마가 종이를 들여다보며 말했다. 종이에는 노조 지부장 사퇴, 난동 책임 면제 따위의 몇 가지 협상안이 강원도 도지사와 정선 경찰서장의 이름으로 적혀 있었다. 그러니까 이제 데모를 끝내고 타협을 하자는 내용의 협상안을 내놓고 있는 것이었다.

"아이고, 이제 데모가 끝나는 갑다. 그래도 이쯤에서 끝나니 천만다행이다. 그나저나 너 아바이는 지금 어디서 뭘 하고 있는 거나. 아들이 이러고 누워 있는데 코빼기도 안 비치고 말이다."

엄마가 원망스런 눈길로 창 밖 하늘을 올려다보았다.

다음날 아침에도 나는 엄마가 하루 세 끼 먹을 밥을 챙겨서 병원으로 갔다. 사북은 어제와 별로 달라진 게 없어 보였다.

파출소 앞을 지날 때였다.

"여러분, 이제 무기고 앞에서 해산해 주세요."

조금 쉰 듯했지만 귀에 익은 목소리였다. 나는 파출소 마당 쪽으로 갔다. 정욱 오빠였다. 오빠는 어떤 아저씨하고 번갈아 가며 사람들에게 소리치고 있었다. 오빠는 폐타이어가 쌓여 있는 곳에 올라가서 손나팔을 만들어 또 소리를 쳤다. 파출소를 겹겹이 둘러싸고 있던 사람들이 웅성거리기 시작했다.

"무기고를 내줬다가 저놈들이 공수부대를 풀면 어쩌려고? 어디 한두 번 속나!"

"지금 무기고를 내주면 안 된다."

사람들 의견이 갈라지는 것 같았다.

정욱 오빠가 사람들 사이를 비집고 다니며 무어라고 이야기를 했다. 오빠 이야기를 들은 사람들이 고개를 끄덕이기도 하고 뭐라고 이야기를 하는 것도 같은데 들리지는 않았다.

'역시 오빠는 광부야. 오빠는 사북을 버리지 않았어.'

나는 오빠의 모습을 보면서 어제 저녁 그렇게 비겁하다고 욕을 했던 오빠가 다시 멋있어 보이기 시작했다.

나는 멀찍이 서서 일이 어떻게 돌아가는지 계속 바라보았다.

"그래, 까짓것 이번에는 도지사가 약속을 했다니 한번 믿어 보자."

어느 정도 의견이 모아졌는지 사람들이 하나 둘 무기고 앞을 떠나기 시작했다. 나도 모르게 안도의 한숨이 나왔다. 마침내 데모가 일어난 지 나흘 만에 모든 일이 마무리되는 것 같왔다.

 그 많은 사람들이 몰려 나와서 소리소리 질렀지만 달라진 건 하나도 없는 것 같았다. 역시 사북 사람들의 힘만으로는 약했다. 오빠 말이 맞았다. 사북 사람들에게는 막강한 힘에 대항해 문제를 어떻게 풀어가야 할지 아는 사람이 없었다.

 어쩌면 일이 이쯤에서 끝난 게 잘 된 건지도 모른다는 생각이 들면서도 가슴 한켠은 구멍이 난 듯 허전했다.

 '김수하, 그러지 마. 넌 어쩔 수 없는 광부의 딸이야!'

 저녁때 집으로 돌아오면서 보니 사람들이 거리를 청소하고 있었다. 가게들도 다시 문을 열어 놓고 이것저것 정리하고 있었다. 안경다리에 지천으로 깔려 있던 돌과 갱목도 거의 치워지고 없었다. 지장산을 오르면서 건너다보니 이제 밥 짓는 연기도 더 이상 피어오르지 않았고, 사람들이 광업소 마당을 청소하는지 호스로 물을 뿌리고 있었다.

 이제 모든 게 끝났다. 우리 아빠는 다시 검은 탄복을 입고 막장에 들어갈 테고, 나는 학교에 갈 것이다.

14

이제 사북에는 완연한 봄빛이 감돌았다. 산기슭에서 흘러내리는 물소리를 따라 산새들이 우짖고 낙엽송 사이 양지쪽에서는 얼레지, 풀솜대, 현호색이 작은 꽃봉오리를 터뜨렸다.

아빠는 다시 출근하기 시작했는데, 그 동안 살이 더 빠져서 두 볼이 쭈글거렸다. 며칠 더 있어야 수한이가 퇴원하기 때문에 엄마는 아직 병원에 있었다. 나는 학교가 끝나면 곧장 병원으로 갔다. 수한이는 병원 안을 어기적거리며 걸어다닐 수 있을 만큼 많이 회복되었다. 수한이는 내년이면 중학생이 되기 때문에 올해로 마지막 어린이날을 보내게 된다면서, 어린이날 전에는 꼭 퇴원하고 싶다고 졸랐다.

수한이의 바람대로 5월이 시작되고 이틀 후에 수한이는 집으로 돌아왔다. 오랜만에 식구들이 한 자리에 모이니 무척 즐거웠다. 수한이가 퇴원한 날, 엄마는 만근 표가 아닌 알토란 같은 돈을 주고 돼지고기를 몇 근 끊어 왔다. 수한이를 병원까지 업어다 준 춘배 아저씨와 정욱 오빠에게 저녁을 대접한다고 했다.

나는 정욱 오빠가 우리 집에 온다고 생각하니 마음이 설렜다. 그 날 파출소 앞마당에서 본 뒤로 한 번도 오빠를 보지 못했다. 나는 오빠가 올 시간에 맞춰서 방도 깨끗이 치우고 서울 이모가 주고 간 향수도 뿌렸다.

"그 동안 데모하느라고 기름이 다 빠졌는데, 역시 우리 형수님이 최곱니다. 오늘 저녁에 목구멍 때 좀 확 벗겨 보세. 수한아, 이제 괜찮냐? 야 이놈아, 그 날 밤 너 업고 뛰면서 아저씨가 얼마나 땀을 뺐는지 아나? 이제 아프지 마라, 알았냐?"

춘배 아저씨는 문을 들어서기가 바쁘게 공치사를 했다.

"수하야, 정욱이 총각도 얼른 오라고 해라. 젊은 총각이 돈 벌어 보겠다고 광산에 온 걸 보면 참 대견하다. 얼른 갔다 와, 뜨끈뜨끈할 때 같이 먹어야지."

엄마가 재촉을 했다.

'그래, 이참에 오빠 방도 구경해 보자.'

나는 설레는 가슴을 억누르고 오빠네 집으로 갔다.

문을 두드리자 오빠가 나왔다. 오빠는 방금 전에 머리를 감았는지 수건으로 머리의 물기를 닦고 있었다. 상큼한 비누 냄새가 풍겼다.

"수하 왔니?"

"엄마가 빨리 저녁 먹으러 오래요."

"안 그래도 지금 가려고 그랬어. 금방 갈게."

"예."

대답이야 다소곳하게 하고 돌아섰지만, 가슴은 무지 팔딱거렸다.

'오빠는 정말 무심해. 어쩜 들어오라는 말도 안 하냐? 그건 그렇다 치고, 김수하 너는 왜 바보같이 그냥 돌아섰니? 오빠 방은 어디예요? 오빠 혼자서 살아요? 뭐 그런 거라도 물어 보면서 시간을 끌었어야지.'

오빠만 보면 바보 같아지는 내 모습이 속상해서 갑자기 눈물이 핑 돌았다. 그러나 막상 오빠가 들어오라고 했어도 내 가슴으로는 성큼 들어서지 못했을 거다. 나는 곧장 집으로 가지도 못하고 22동과 23동 사이에 있는 돌배나무 밑에 서 있었다.

'오빠가 나올 때까지 여기서 기다릴까? 오빠가 가까이 와도 모르는 척 서 있다가 오빠가 나를 부르면 앙증맞게 화들짝 놀라는 표정을 지으면 사랑스러워 보이지 않을까?'

내 오감을 모두 22동 2호 문에다 집중시키고서 나는 최대한 여성스러운 표정을 하고 뒤돌아 서 있었다.

드르륵.

드디어 예민한 내 청각에 신호가 전달되었다. 분명 오빠네

문 여는 소리다. 슬리퍼 소리가 가까이 다가왔다.
"가자, 수하야."
오빠가 내 어깨를 툭 쳤다. 고개를 숙이고 깊은 생각에 잠긴 '생각하는 소녀'를 연출하기에는 오빠의 말소리가 너무 건조하게 들렸다.
'내가 기다리고 있는 걸 알고 있었단 말이야?'
이건 완전히 김 빠진 사이다였다. 풋풋한 다이알 냄새를 그대로 끌어다가 귀엽고 사랑스런 만남을 준비하려던 내 노력은 가엾게도 또다시 물거품이 되었다. 나는 벌써 저만큼 걸어간 오빠 뒤를 슬리퍼를 질질 끌며 맥없이 따라갈 수밖에 없었다.
"다들 이번에 혼쭐이 났나 봐. 읍사무소에서 언제 한번 모여서 이번 사태로 다친 사람들 위문을 가자고 먼저 연락을 해 왔더라. 암, 당연히 그래야지."
"형님, 저는 이번 일을 보면서 참 실망이 큽니다. 정말 못 배운 무지렁이들은 할 수 없구나 싶어서 한심한 생각도 들고요. 같이 우 하고 일어나서 데모할 때는 언제고……. 아이고 형님, 말 마시오. 경찰이고 뭐고 다 줄행랑치고 막상 광산쟁이들만 남게 되니까 여기저기서 불만이 터져 나오는데, 그러니까 사람들이 겁을 집어먹었다 이 말이오. 그래 가지고 괜히 데모했다고 후회하고, 이번 데모에 앞장선 놈들이 우리 먹여 살릴 거냐고 야단을 하는데……. 야, 이건 정말 비겁하지 않소?"
"어쨌든 이번 일로 광산쟁이들 대하는 태도가 좀 달라지지 않겠나."

"모르지요. 그놈들이 어떤 놈들인데요. 달라질지 더할지는 아직 두고 봐야지요."

아빠와 춘배 아저씨가 이야기하는 동안 오빠는 잠자코 듣고만 있었다.

"아무튼 자네들 덕분에 우리 수한이가 살았네. 게다가 정욱이 자네는 끝까지 무기고를 지켜 주어서 고맙네."

"형님, 그래도 그 난리통에 무기고가 박살나지 않은 게 정말 다행이오. 누가 무기고에서 총을 꺼내 한 방 날리기라도 했어 봐요. 안 그래도 폭도들이 폭동을 일으켰다고 야단이었는데, 무기를 빼내 오고 사상자까지 생겼으면……. 그런데 어떻게 무기고 지킬 생각을 했대요?"

"처음에야 계엄군인가 공수부댄가 우릴 잡으러 온다고 하니 무기를 가지고 싸워야겠다는 생각이 들었지. 그런데 정욱이 이 사람이 내 옆에 와서 무기고를 열어서는 안 된다고 자꾸 그러더라고. 그래서 나도 가만히 생각해 보니 무기 때문에 불상사가 생기면 그 땐 죽도 밥도 안 될 것 같더라고."

"아직 세상 경험도 별로 없는 자네가 어떻게 그런 생각을 했나?"

"저도 사실은 그 날 사람들을 따라 무기고까지 갔는데, 겁이 나서 도저히 못 있겠기에 집으로 도망쳐 왔어요. 그런데 집에 와서 뉴스를 들으니 사북에서 폭도들이 일어나 난동을 부리고 있다고 그러더라고요. 그래서 이거 큰일났다, 사람들이 무기까지 탈취했다가는 정말 폭도로 몰리겠다는 생각이 들었어요. 그래서 용기를 내서 다시 무기고로 내려가 지킨 거지요."

"잘했네, 잘했어. 역시 젊은 사람이라 판단력이 빠르구만."

춘배 아저씨가 오빠 어깨를 두드리며 칭찬을 하자 옆에서 듣고 있던 나도 덩달아 어깨가 으쓱해졌다.

어느덧 낙엽송 잎이 엄지손톱만큼 자랐다. 5월이다. 사북은 다시 안정을 찾았다. 거리로 뛰쳐나왔던 광부들은 다시 갑, 을, 병반 교대 근무를 시작했다. 아주머니들은 다시 우물 방송에 모여 데모에 참가했던 이런저런 뒷이야기로 시끌시끌했다.

나는 요즘 우물 방송 사람들 앞에서 혀를 끌끌 차며 못내 안타까운 표정으로 흥분하는 엄마를 자주 본다.

"아이고, 저런저런, 나도 갔어야 하는 건데. 광산쟁이 무시하는 그놈들을 악착같이 쫓아가서 돌멩이로 내리쳤어야 하는 건데. 하긴, 우리 아가 배를 쨰고 누웠으니 내가 꼼짝을 못 했지."

그냥 병원에 있었다든지 우리 아들이 맹장 수술을 했다든지 하는 일반적인 표현을 써도 되는데 굳이 '우리 아가 배를 쨰고 누웠다'는 강한 표현을 쓰는 것은 이불장 속에 숨어 있었던 사실을 감추려는 엄마의 눈물겨운 꼼수였다.

"데모고 뭐고 말 말아요. 우리 수하 아바이처럼 독한 사람이 어디 있대요. 아가 배를 쨰고 누웠는데 코빼기도 안 비치더라고. 그래도 그리 앞장서서 일을 보는 사람이 있어야 뭘 할 게 아닌가 싶어서 꾹 참았지요."

엄마가 뒤이어서 은근히 한숨을 내쉬며 하는 얘기는 아빠가 정말 야속해서 하는 말이 결코 아니라는 것을 나는 다 안다.

"이제 이 지장산 사택 사람들도 너 아바이가 보통 사람이 아니라는 걸 다 알 거다."

우물 방송을 마치고 돌아온 엄마는 기분이 좋아서 싱글거렸다. 그것은 이 지장산 사택에서 광부의 아내로 살아가는 엄마의 자존심 문제였다. 나 또한 엄마 딸로서 의무를 절실히 느끼며 이 문제만은 슬쩍 눈감아 주고 싶었다. 그러나 나는 안다. 엄마는 최소한 아빠를 지장산의 소영웅으로 만들 때까지는 끊임없이 입에 거품을 물고 우물 방송을 해댈 거라는 사실을 말이다.

아빠가 읍사무소에 간다고 거울 앞에서 옷을 차려입었다.

"수하 아버지, 일찍 오소."

"그럼 다친 사람들 보러 병원에 가는데, 금방 오지 뭐 오래 있겠나."

"오다가 또 한잔 걸치지 말고요. 일찍 자야 내일 아침 갑반 가지."

엄마가 아빠 뒤를 따라나가며 말했다. 하긴, 엄마에게는 내일 아침 아빠가 갑반을 가는 게 무엇보다도 가장 중요한 일이니까.

"엄마, 아예 솔직하게 '당신 내일 갑반 결근하면 죽어!' 이렇게 말해."

"이놈의 가시나가!"

엄마가 내 어깨를 탁 내리치며 눈을 흘겼다.

사실 광부의 아내로 살아가는 것은 보통 일이 아니다. 갑, 을, 병 삼교대에 맞춰서 불침번을 서고, 시간 맞춰 밥을 하고, 탄복을 빨아 대고, 조금이라도 퇴근이 늦어지면 가슴 졸이며 종종걸음을 치고. 어디 그뿐이랴. 틈틈이 부업을 하고 산 밑에 손바닥만한 밭뙈기라도 일구어 채소를 가꾸고. 우리 엄마는 갓 스물에 아빠를 만나 이 날 이 때까지 광부의 아내로서 그야말로 충직하게 사명을 다하고 있는 것이다.

그런데 아침에 일어나 보니 엄마가 입술이 하얗게 마른 채 밖에 서 있었다.

"수하야, 너 아바이가 아직 안 왔다."

부엌에서 된장찌개 냄새가 나는 것을 보니 엄마는 벌써 아침밥을 해 놓은 것 같았다. 어제 저녁에 나갈 때 엄마가 단단히 다짐까지 주었고, 또 어디 가서 이렇게 연락도 없이 밤을 새울 아빠가 아니었다.

"아이고, 답답해서. 내가 너 아바이하고 같이 간 사람들 집에 좀 가 봐야겠다. 어떻게 된 일인지 알아나 봐야지."

나는 엄마가 횡하니 걸어가는 것을 보고 변소에 갔다가 다시 들어와 깜빡 잠이 들었다.

"야 김수한, 늦었어! 지각이야. 빨리빨리!"

아침 해가 벌써 방 안까지 들어왔는데 엄마도 아빠도 돌아오지 않았다. 깨우는 사람이 없으니 마냥 늦잠을 자 버린 것이다.

이것저것 생각할 겨를이 없었다. 쏜살같이 내달아 숨을 헐떡거리며 교실 문을 열었다. 칠판에 글씨를 쓰고 있던 선생님이 문 소리에 고개만 한 번 돌렸을 뿐, 지각했다고 뭐라 그러지도 않고 그대로 다시 돌아섰다. 이상했다. 아이들이 나를 보는 눈빛도 분명히 여느 때와는 달랐다.

내가 자리에 앉자 은희가 속삭이듯 물었다.

"수하야, 괜찮아?"

"뭐가?"

"너네 아빠……."

"우리 아빠가 뭐?"

나는 영문을 몰라서 고개를 갸웃했다. 은희도 이상하다는 듯 나를 보고 고개를 갸웃거렸다.

"왜 그래? 얼른 말해 봐."

내가 다그치자 아이들의 눈길이 한꺼번에 나에게 쏠렸다. 나는 다시 한 번 눈빛으로 은희를 재촉했다.

"어제 저녁 읍사무소에 간 사람들이 다 잡혀갔대. 군인들한테……."

"뭐? 군인들한테? 왜?"

"몰라. 지금은 계엄군이라는 군인들이 나라를 다스린다나 봐. 그래서 군인들이 잡아갔대."

나도 모르게 그 자리에서 벌떡 일어섰다. 선생님이 교탁에서 나를 내려다보고 있었다. 나는 선생님을 똑바로 쳐다보았다. 선생님이 뭔가를 설명해 줄 수 있을 것 같았기 때문이다. 그러나 선생님은 입을 꾹 다물고 있었다.

"선생님은 알고 계시죠?"

나는 선생님에게 큰 소리로 물었다.

"일단 앉아라."

선생님은 나를 지그시 바라보면서 입을 열었다.

"그래, 너희들도 나도 아직까지는 뭐가 잘못됐는지 잘 몰라. 좀더 기다려 보면 무슨 소식이 있겠지. 아무 죄도 없는데 설마 무슨 일이 있을라고……."

선생님 목소리는 물에 젖은 솜처럼 푹 가라앉아 있었다.

"아빠는 분명히 다친 사람들을 위문하러 병원에 간다고 했어요. 읍사무소에서 오라고 연락이 왔다 그랬어요. 그런데 왜 잡아가요?"

손이 와들와들 떨렸다. 눈물이 주르륵 흘러내렸다.

어떻게 소문이 났는지는 모르지만 우리 반 아이들은 벌써 다 알고 있었다. 쉬는 시간에 들은 아이들 이야기를 종합해 보면, 어제 읍사무소에 모인 사람들은 총칼을 든 군인들에게 끌려가서 큰 버스 안으로 던져졌는데, 그 큰 버스가 어디로 사라졌는지는 아무도 모른다는 거였다.

'말도 안 돼!'

속에서 분이 끓어올라 견딜 수 없었다. 나는 혼자서 아빠를 찾아 이리저리 헤매고 있을 엄마가 걱정되어 2교시를 마치고 조퇴했다. 집에는 아무도 없었다. 엄마는 어디론가 사라졌다는 아빠를 찾아다니고 있는 게 분명했다. 앞이 막막했다.

'아빠를 어디 가서 찾아야 하나?'

오후가 되어서 엄마는 입술이 바짝 마르고 얼굴이 백지장이 된 채 돌아왔다.

"계엄군에게 끌려갔다는데, 아직까지 어디로 갔는지 아는 사람이 아무도 없······."

엄마는 말을 잇지 못하고 울음을 터뜨렸다.

"아이고, 나쁜 놈들! 나쁜 놈들!"

나는 심장이 오그라드는 것 같은 엄마 울음소리를 도저히 듣고 있을 수가 없어서 밖으로 나왔다. 나도 소리치며 울고 싶었다. 하지만 어디 마음 놓고 울 만한 데도 없었다. 산으로 올라갔다. 어느새 노루귀꽃에 연두색 잎이 돋아나 예쁜 꽃송이를 감싸고 있었지만 눈물 속에 아롱지는 꽃들은 다 이지러졌다.

엄마의 애끓는 신음소리는 자정을 넘긴 한밤중 어둠 속에서도 앓는 듯 우는 듯 이어졌다.

"아빠가 죽은 것도 아닌데 왜 밤새도록 청승이야?"

나는 참다 못해 소리를 빽 지르고 밖으로 나왔다. 하늘에 별은 반짝이는데 검은 앞산은 곧 무너져 내릴 듯, 아니, 지장산 토끼장 사택을 죄다 삼켜 버릴 듯 커다란 입을 벌리고 달려들고 있었다.

"조용히 해, 이 새끼들아!"
갑자기 등 뒤에서 살을 벨 것처럼 차갑고 날카로운 목소리가 들려왔다. 나는 본능적으로 그림자가 짙은 벽 쪽으로 딱 붙어 섰다. 달빛에 어렴풋이 형체가 드러났다.
'악!'
나는 비명이 터져 나오려는 것을 가까스로 참았다. 춘배 아저씨와 정욱 오빠가 분명했다.
춘배 아저씨는 반소매 티셔츠를 걸치고 있었지만 정욱 오빠는 흰 러닝셔츠 바람에 맨발이었다. 검은 옷을 입은 사람들이 두 손이 뒤로 묶여 있는 춘배 아저씨와 정욱 오빠 옆구리에다 금방이라도 방아쇠를 당길 것처럼 총을 들이대고 있었다. 입을 뭘로 막았는지 끌려가는 춘배 아저씨와 정욱 오빠의 입에서 욱욱거리는 소리가 났다. 오빠가 힐끗 뒤를 돌아보는 것 같았다.
'오빠!'
어둠 속에서도 오빠의 하얀 얼굴과 긴 목덜미, 그리고 슬픈 눈동자가 보이는 듯했다. 아, 나는 오빠의 그 깊고 슬픈 눈길을 분명히 느낄 수 있었다.

'어떻게 해야 하나? 어떻게 하지? 내가 뭘 어떻게…….'

그대로 폭삭 무너져 내릴 것처럼 온몸이 떨렸다. 뭘 어떻게 해볼 새도 없었다. 사람들은 벌써 긴 그림자만 남기고 언덕 아래로 내려가고 있었다.

"정욱 오빠! 춘배 아저씨!"

그제야 나는 오빠와 아저씨를 불렀지만 바짝 얼어붙은 목구멍에서는 아무 소리도 나오지 않았다. 내 두 뺨에는 차가운 눈물이 흘러내렸다.

다음날 동네에는 떠버리 아줌마도 잡혀갔다는 소문이 퍼졌다. 악을 쓰며 방송을 하던 부녀회장도 쥐도 새도 모르게 잡혀갔다고 했다. 순태 아빠는 자다가 팬티 바람으로 끌려가는 것을 병반 나가던 사람들이 직접 봤다고 했다. 하지만 이 사람들이 다 어디로 잡혀갔는지는 아무도 몰랐다.

이제 지장산 우물 방송은 예전처럼 떠들썩하지 않았다. 고장난 라디오처럼 그저 묵묵히 빨래를 하면서 옆 사람에게 들릴 듯 말 듯 찌지직거릴 뿐이었다. 그리고 계엄군이 잡혀간 사람들에게 한결같이 '빨갱이'라는 딱지를 붙여 놨다는 소문이 발 없는 말을 타고 지장산을, 온 사북 읍내를 떠돌았다.

빨갱이!

우리 아빠도 빨갱이고 춘배 아저씨도 빨갱이, 정욱 오빠도 빨갱이, 떠버리 아줌마도 빨갱이, 부녀회장도 빨갱이, 순태 아빠도 빨갱이…… 나도, 엄마도, 수한이도 빨갱이.

1980년 겨울, 우리 식구는 사북을 떠났다. 계엄군들이 짓밟고 또 짓밟아 익은 감자처럼 온몸이 찌그러진 아빠와 함께. 나는 그 뒤로 지금까지 한 번도 사북 사람들을 만나 본 적도, 사북에 간 적도 없다. 그러나 나는 그 검은 땅의 잔혹했던 봄날을 지금도 똑똑히 기억하고 있다.

철모르던 그 시절, 다행히도 나에게는 풋풋한 첫사랑이 있어 그 잔혹했던 봄날을 견뎌낼 수 있었던 것 같다. 정욱 오빠는 지금 어떻게 살고 있을까?

보고 싶다, 정욱 오빠!

□ 작가의 말

　봄날인데도 사북의 하늘에서는 백설기 같은 눈송이가 뚝뚝 떨어져 내리고 있었다. 나는 사북역에 서서 눈 속에 사라져 가는 검은 흔적들을 바라보았다. 눈은 산처럼 쌓여 있는 폐석더미와 저탄장의 석탄더미를 어루만지듯 서서히 쌓여가고 있었다. 그러나 고개를 바짝 세우고 서 있는 수갱 입구의 거대한 철골 구조물은 쏟아지는 눈송이에도 아랑곳하지 않고 암회색 하늘을 올려다보며 우뚝 솟아 있었다.
　사북은 정말 첩첩산골이다. 앞을 봐도 산이고 뒤를 봐도 산이고, 사방이 산으로 둘러싸여 있다. 이 곳 사북은 한때 민영탄광으로는 최대의 석탄 산지였던 동원탄좌가 있던 곳인데, 지금 광산은 모두 폐광이 되고, 강원랜드 카지노로 더 알려진 곳이기도 하다.
　나는 오늘을 살아가는 젊은 친구들에게 이 곳에 살던 광부들의 이야기를 들려주고 싶었다. 그래서 열여섯 살 수하의 눈으로 다시 그 시절을 돌이켜봤다.

흔히 광부들을 가리켜 '두 개의 하늘을 이고 산다'고 말한다. 두 하늘이란 눈에 보이는 높은 하늘과 굴 속 막장의 암담한 검은 하늘이다. 당시 광부들은 지하 수천 미터에 내려가서 목숨을 걸고 탄을 캐냈다. 그렇게 캐낸 석탄은 유난히 추웠던 7, 80년대의 겨울, 연탄 구들로 달궈진 따뜻한 아랫목으로 우리를 불러들였다. 우리에겐 유용한 에너지가 되었지만 광부들은 한해 평균 2백 명이 목숨을 잃고, 5천 명 이상이 중경상을 입었으니, 광부 열 명중 한 명이 사고를 당한 셈이다.

광부들의 생활은 말로 다 할 수 없을 만큼 열악했다. 대여섯 평도 안 되는 집단수용소 같은 사택에서 당시 최저생활비도 안 되는 15만원 정도의 월급으로 온 식구가 버텨야만 하는 그야말로 또다른 막장의 삶을 살았다. 그들은 이런 비참한 노동 조건을 노조를 통해 바꿔보려고 애썼지만 업주와 결탁한 어용노조는 노동 귀족이 되어 이들의 목소리를 외면하였다. 결국 1980년 4월, 광부와 그 가족들, 아니 온 사북사람들의 분노가 불같이 일어났다. 그들은 연탄집게와 곡괭이, 몽둥이를 들고 착취와 억압, 모욕과 천대에 항거했다. 그러나 배운 것 없고 가진 것 없는 그들의 힘으로는 역부족이었다. 그들은 결국 4일 만에 손을 들고 말았고, 애끓는 핏빛 함성은 소리 없는 메아리가 되어 다시 막장에 묻히고 말았다.

그로부터 또다시 오랜 세월이 지났다. 이제 사람들은 사북을 광산촌이 아닌 카지노촌으로만 기억할 것이다. 사북에 살던 광부들도 거의 떠났다. 그러나 안타까운 것은 아직도 막장 생활의 후유증으로 산소호흡기를 떼면 곧바로 숨이 멎어버릴 진폐 혹은 규폐환자들이 수천 명 있고, 80년 사북노동항쟁에 참여해 온갖 고문과 고통 속에서 살아 남았지만 지금까지 명예회복이 되지 않아 폭도라는 누명을 쓴 채 살아가는 사람들이 있다는 것이다.

오늘, 이 백설기 같은 함박눈이 얼마나 더 내려야 광부들과 그 가족들의 가슴에 깊이 뿌리박혀 있는 검은 상처들이 다 덮일 수 있을지 잘 모르겠다. 그리고 어쭙잖게 쓴 이 책이 오히려 사북 사람들에게 아픔이 되지 않을까 자꾸 겁이 난다. 하지만 1980년 4월의 사북을 기억하는 내 마음만큼은 모두에게 진실된 마음으로 받아들여졌으면 싶다.

2005년 4월
눈 내리는 봄날, 사북을 다녀와서
이옥수

내 사랑, 사북

2005년 4월 25일 1판 1쇄
2024년 4월 10일 1판 17쇄

지은이 이옥수

편집 김태희, 모지은, 박찬석 | **디자인** 권지연 | **제작** 박홍기
마케팅 이병규, 이민정, 김수진, 강효원 | **홍보** 조민희

출력 블루엔 | **인쇄** 코리아피앤피 | **제책** J&D바인텍

펴낸이 강맑실
펴낸곳 (주)사계절출판사 | **등록** 제406-2003-034호
주소 (우)10881 경기도 파주시 회동길 252
전화 031)955-8588, 8558 | **전송** 마케팅부 031)955-8595 편집부 031)955-8596
홈페이지 www.sakyejul.net | **전자우편** literature@sakyejul.com | **블로그** blog.naver.com/skjmail
페이스북 facebook.com/sakyejul | **인스타그램** instagram.com/sakyejul_teen

ⓒ 이옥수 2005

값은 뒤표지에 적혀 있습니다. 잘못 만든 책은 구입하신 서점에서 바꾸어 드립니다.
사계절출판사는 성장의 의미를 생각합니다. 사계절출판사는 독자 여러분의 의견에 늘 귀 기울이고 있습니다.
이 책은 저작권법에 따라 보호받는 저작물이므로 무단전재와 복제를 금합니다.

ISBN 978-89-5828-085-9 44810
ISBN 978-89-5828-473-4 (세트)